U0942736

法国新世纪中国文学译介与研究概览

（2001—2005）

高建为◎主编

中国社会科学出版社

图书在版编目（CIP）数据

法国新世纪中国文学译介与研究概览：2001—2005/
高建为主编．—北京：中国社会科学出版社，2022.2
ISBN 978-7-5203-9826-8

Ⅰ.①法…　Ⅱ.①高…　Ⅲ.①中国文学—文学翻译—
法国—2001-2005—文集　Ⅳ.①I046-53　②I206-53

中国版本图书馆CIP数据核字（2022）第035268号

出版人　赵剑英
责任编辑　史慕鸿
责任校对　赵雪姣
责任印制　戴　宽

出　　版　中国社会科学出版社
社　　址　北京鼓楼西大街甲158号
邮　　编　100720
网　　址　http://www.csspw.cn
发行部　010-84083685
门市部　010-84029450
经　　销　新华书店及其他书店

印刷装订　北京君升印刷有限公司
版　　次　2022年2月第1版
印　　次　2022年2月第1次印刷

开　　本　710×1000　1/16
印　　张　11.25
插　　页　2
字　　数　203千字
定　　价　66.00元

编委会及编撰人员

主　　编： 高建为

主编助理： 赵红妹

编　　委： 高建为　赵红妹　辛　苒　黄越华

参编人及撰稿人：

高建为　赵红妹　辛　苒

黄越华　雷林萍　高　云　王　晶

目　录

SOMMAIRE

前　言

这本《法国新世纪中国文学译介与研究概览（2001—2005）》原本是北京师范大学文学院研究项目“新世纪国外中国文学译介与研究”之“法国卷”，这一项目在20世纪的最后几年由北京师范大学文学院比较文学与世界文学研究所的同仁共同发起和设计，按国别分为“英国卷”“美国卷”“德国卷”“法国卷”“韩国卷”“日本卷”等。按照发起人的设想，项目的目标是为国内学术界了解国外中国文学作品译介的概况和中国文学研究的侧重点提供较为详尽的资料，同时也让读者了解国外学者研究中国文学的方法论和不同视角。丛书编委会计划随着新世纪的进展，按每五年一册的进度不间断地编写下去。最先编写的是2001—2005年这一阶段，大体上各国自为一册（美国和加拿大合为北美卷），目前韩国、日本、英国、北美等卷已经出版，法国卷因为经费问题拖延至今。借励耘书库的东风，法国卷有机会得以出版。谨在此感谢北京师范大学文学院学术委员会的鼎力支持。

凡　例

一　对象

本书范围限定在法国，时间为2001—2005年。对象主要为以下几个部分：

1. 中国文学作品的译本目录：凡是在中国大陆（内地）、台湾、香港、澳门及法国华侨用中文出版的文学作品都包括在内。

2. 中国文学专著或论著的译本目录：凡是在中国大陆（内地）、台湾、香港、澳门及法国华侨用中文出版的文学专著或论著都包括在内。

3. 中国文学研究论文目录：凡是在法国用法语发表的关于中国文学的论文都包括在内，其中有期刊论文、硕士学位论文和博士学位论文。

4. 中国文学研究著作目录：凡是在法国出版用法语出版的关于中国文学的著作都包括在内。

5. 中国文学研究重要论文的选译或摘译：选取几篇有代表性的法语中国文学研究论文全文翻译或摘要翻译，供研究者参考。

6. 中国文学研究重要著作内容简介：选取几部有代表性的法语中国研究著作，根据作者自己撰写的摘要进行译介。

7. 法国的中国文学及汉学研究机构：介绍在法国或由法国学者或机构主办（在法国之外）的中国文学及汉学研究机构。

8. 相关重要期刊：选取在法国出版或由法国学者或机构主办在法国境外出版的主要或经常发表中国文学或汉学论文的期刊。

9. 相关学术会议：介绍2001—2005年间在法国召开的以中国文学研究为主要内容的研讨会。

10. 学者介绍：选取部分在法国有一定影响的汉学家或中国文学翻译

家进行介绍，以 2001—2005 年有论著或译作发表的为主。

11. 法中人名对照表：凡是在本书中出现过的现实人物名字（文学作品中的虚构名字不收，译介论文脚注中的名字收入，尾注中的名字酌收）都收集在内。法国人按法语名字姓氏首字母顺序，中国人按其在法语译本或著作中出现的法语名字姓氏首字母顺序，法国人和中国人的姓名混合编排。

二　编排

1. 所有著作、译作、论文首先按年度先后顺序编排，在同一年度内按作者法语姓氏（中国作者或华裔作者的名字以其译作采用的法语名字为准）的首字母顺序排列。译作的作者如果佚名，分两种情况处理：法文版封面有 Anonyme 或 Anonymes（无名氏）的，则按其字母顺序参加排序，如果关于作者无任何标识，则以第一位译者的姓名代替作者姓名参加排序。

2. 中国文学或汉学重要机构按其名称第一个实词的首字母顺序排列。

3. 重要学术期刊按其题名的第一个实词首字母顺序排列。

4. 相关学术会议按其召开的时间先后排列。

5. 汉学家或翻译家按其法语姓氏首字母顺序排列。

三　译名

1. 中国文学作品、著作的作者名首先标其中文本名，然后在括号中标注其发表的法语著作或期刊上的法语译名，如未能找到其本来中文姓名的，按其汉语拼音或威妥玛拼音译名翻译成中文，并在其后用括号标“音译”。

2. 中国文学作品、著作的译者名首先标其法语姓名，其后在括号中列出依惯例使用的中文译名。

3. 法国学者的研究著作或论文，先列出其法语姓名，然后在括号中列出依惯例使用的中文译名。

4. “法中姓名对照表”中的人名，先录法语名字，其后录中文姓名或中文译名。法国汉学家如有中文名字的，采用其自用的中文名字；没有中文名字的，按其法语姓名中译的惯例译成中文附于其后。中国作者的名字绝大多数采用其本来的中文姓名，如未能找到其中文姓名的，按其法语姓名采用的汉语拼音或威妥玛拼音翻译成汉字，并在其后用括号标出“音译”。

一　2001—2005 年度中国文学译本索引

2001 年

（一）作品

1. 阿城（A Cheng）著，《迷路》（*Perdre son chemin*）
Nöel Dutrait（诺埃尔 · 杜特莱）译，
拉杜尔戴格：黎明出版社（Editions de l'Aube, La Tour-d'Aigues），2001 年 4 月。
2. 巴金（Ba Jin）著，《龙虎狗》（*Le Dragon, les tigres, le chien*）
Philippe Denizet（菲利普 · 德尼泽）译，
巴黎：友丰书店（Librairie You-Feng, Paris），2001 年。
3. 残雪（Can Xue）著，《黄泥街》（*La Rue de la boue jaune*）
Geneviève Imbot-Bichet（热纳维耶芙 · 安博 – 比歇）译，
巴黎：中国蓝出版社（Editions Bleu de Chine, Paris），2001 年 4 月。
4. 张爱玲（Eileen Chang）著，《红玫瑰与白玫瑰》（*Rose rouge et rose blanche*）
Emmanuelle Péchenart（佩许纳）译，
巴黎：中国蓝出版社（Editions Bleu de Chine, Paris），2001 年 12 月 3 日。
5. 池莉（Chi Li）著，《烦恼人生》（*Triste vie*）
Shao Baoqing（邵宝庆）译，
阿尔勒：南方汇编出版社（Editions Actes Sud, Arles），2001 年 1 月。

6. 池莉（Chi Li）著，《云破处》（*Trouée dans les nuages*）
Isabelle Rabut（何碧玉）、Shao Baoqing（邵宝庆）合译，
阿尔勒：南方汇编出版社（Editions Actes Sud, Arles），2001 年 10 月。
7. 刁斗（Diao Dou）著，《孪生》（*Jumeaux*）
Catherine Lan（卡特琳娜·蓝）、Anne Thiollier（安娜·帝奥利耶）合译，
巴黎：中国蓝出版社（Editions Bleu de Chine, Paris），2001 年。
8. 刁斗（Diao Dou）著，《罪》（*La Faute*）
Véronique Jacquet-Woillez（韦罗尼克·雅克－瓦耶）译，
巴黎：中国蓝出版社（Editions Bleu de Chine, Paris），2001 年 10 月 1 日。
9. 让－皮埃尔·迪耶尼（Jean-Pierre Diény）编，《寄情山水：中国的四行诗和八行诗》（*Jeux de Montagnes et d'eaux: quatrains et huitains de Chine*）
Jean-Pierre Diény（让－皮埃尔·迪耶尼）译，
巴黎：美文学出版社（Editions Les Belles Lettres, Paris），2001 年。
10. 方方（Fang Fang）著，《在我的开始是我的结束》（*Début fatal*）
Geneviève Imbot-Bichet（热纳维耶芙·安博－比歇）译，
巴黎：斯托克出版社（Editions Stock, Paris），2001 年 4 月。
11. 冯骥才（Feng Jicai）著，《一百个人的十年》（*L'Empire de l'absurde: 10 ans dans la vie des gens ordinaires*）
Marie-France de Mirbeck（玛丽－弗朗斯·德米尔贝克）、Etienne Nodot（艾蒂安·纳多）合译，
巴黎：中国蓝出版社（Editions Bleu de Chine, Paris），2001 年 5 月 10 日。
12. 高行健（Gao Xingjian）著，《一个人的圣经》（*Le Livre d'un homme seul*）
Nöel Dutrait（诺埃尔·杜特莱）、Liliane Dutrait（丽丽恩·杜特

莱）合译，
拉杜尔戴格：黎明出版社（Editions de l'Aube, La Tour-d'Aigues），2001 年 10 月。

13. 高行健（Gao Xingjian）著，《给我老爷买鱼竿》（*Une Canne à pêche pour mon grand-père*）
Noël Dutrait（诺埃尔·杜特莱）译并序，
拉杜尔戴格：黎明出版社（Editions de l'Aube, La Tour d'Aigues），2001 年。

14. 古龙（Gu Long）著，《欢乐英雄》（*Les Quatre Brigands du Huabe*i）
Christine Corniot（克里斯蒂娜·科尔尼奥）译，
阿尔勒：比基耶出版社（Editions P. Picquier, Arles），2001 年 6 月。

15. 郭雪波（Guo Xuebo）著，《沙狐》（*La Renarde du désert*）
Dong Chun（董纯）译，
巴黎：中国蓝出版社（Editions Bleu de Chine, Paris），2001 年 2 月。

16. 黄春明（Hwang Chun-ming）著，《锣》（*Le Gong*）
Emmanuelle Pechenart（佩许纳）、Anne Wu（安娜·吴）合译，
阿尔勒：南方汇编出版社（Editions Actes Sud, Arles），2001 年。

17. 蒋韵（Jiang Yun）著，《现场逃逸》（*Délit de fuite*）
Myriam Kryger（米里安·克里热）译，
巴黎：法兰西信使出版社（Editions Mercure de France, Paris），2001 年 11 月。

18. 蒋子丹（Jiang Zidan）著，《左手，从此以后》（*La Main gauche*）
Françoise Naour（弗朗索瓦兹·纳乌尔）译，
巴黎：中国蓝出版社（Editions Bleu de Chine, Paris），2001 年 10 月。

19. 老舍（Lao She）著，《鼓书艺人》（*Les Tembours*）
Claude Payen（巴彦）译，

阿尔勒：比基耶出版社（P. Picquier, Arles），2001 年 8 月。

20. 老舍（Lao She）著，《四世同堂》（第三部《饥荒》）（*Quatre Génétations sous un même toit,* Volume 3, *La famine*）
Chantal Chen-Andro（尚德兰）译，
巴黎：伽利马尔出版社（Editions Gallimard, Paris），2001 年 9 月。

21. 老舍（Lao She）著，《四世同堂》（*Quatre Génétations sous un même toit*）
Xiao Jingyi（音译：萧景义）译，
巴黎：伽利马尔出版社（Editions Gallimard, Paris），2001 年 9 月。

22. 安德列·莱维（André Lévy）编选，《一切为了爱（中国色情故事）》（*Tout pour l'amour*）
André Lévy（安德列·莱维）译，
阿尔勒：比基耶出版社（Editions P. Picquier, Arles），2001 年。

23. 梁秉钧（Leung Ping-Kwan）著，《岛与大陆》（*Îles et Continents: et autres nouvelles*
Annie Curien（安妮·居里安）译，
巴黎：伽利马尔出版社（Editions Gallimard, Paris），2001 年。

24. 李渔（Li Yu）著，《慎鸾交》（*A Mari jaloux femme fidèle*）
Pierre Kaser（皮埃尔·卡泽）译，
阿尔勒：比基耶出版社（Editions P. Picquier, Arles），2001 年 1 月 20 日。

25. 马建（Ma Jian）著，《亮出你的舌苔或空空荡荡》（*La Mendiante du Shigatze*）
Isabelle Bijon（伊莎贝尔·比容）译，
阿尔勒：比基耶出版社（Editions P. Picquier, Arles），2001 年。

26. 棉棉（Mian Mian）著，《糖》（*Les Bonbons chinois*）
Sylvie Gentil（西尔维·让蒂）译，
巴黎：橄榄树出版社（Editions de l'Olivier, à Paris），2001 年 3

月 7 日。

27. 安必诺（Angel Pino）、何碧玉（Isabelle Rabut）编选，《致驻地的兄弟们：当代台湾小说选》（*À Mes Rrères du village de garnison: anthologie de nouvelles taiwanaises contemporaines*）
Olivier Bialais（奥利维耶·比亚莱）、Hervé Denès（埃尔维·德内斯）、Marc Gilbert（马克·吉尔贝）等译，
巴黎：中国蓝出版社（Editions Bleu de Chine, Paris），2001 年。

28. 邱华栋（Qiu Huadong）著，《遗忘者之旅》（*Voyage au pays de l'oubli*）
Claire Yang（克莱尔·杨）译，
巴黎：中国蓝出版社（Editions Bleu de Chine, Paris），2001 年。

29. 裘小龙（Qiu Xiaolong）著，《红英之死》（*Mort d'une héroïne rouge*）
Fanchita Gonzales Batlle（范希塔·冈萨雷斯·巴特勒）译，
巴黎：勒维出版社（Editions L. Levi, Paris），2001 年 3 月 16 日。

30. 屠隆（Tu Long）著，《娑罗馆清言》（*Propos détachés du pavillon du Sal*）
Martine Vallette-Hémery（赫美丽）译，
雷泽：片断出版社（Editions Séquences, Rezé），2001 年 7 月 18 日。

31. 赫美丽（Martine Vallette-Hémery）编选，《自然乐园：散文的中国花园》（*Les Paradis naturels: jardins chinois en prose*）
Martine Vallette-Hémery（赫美丽）译，
阿尔勒：比基耶出版社（Editions P. Picquier, Arles），2001 年。

32. 王安忆（Wang Anyi）著，《香港的情与爱》（*Les Lumières de Hong Kong*）
Denis Bénéjam（德尼·贝内让）译，
阿尔勒：比基耶出版社（Editions P. Picquier, Arles），2001 年 2 月 6 日。

33. 王超（Wang Chao）著，《安阳婴儿》（中篇小说）（*L'Orphelin*

d'Anyang）
Cécile Delattre（塞西尔・德拉特）译，
巴黎：中国蓝出版社（Editions Bleu de Chine, Paris），2001 年。

34. 王小波（Wang Xiaobo）著，《黄金时代》（*L'Age d'or*）
Jacques Seurre（雅克・瑟尔）译，
凡尔赛：高粱出版社（Editions du Sorgho, Versailles），2001 年 10 月 10 日。

35. 卫慧（Wei Hui）著，《上海宝贝》（*Shanghai Baby*）
Cora Whist（科拉・维斯特）译，
阿尔勒：比基耶出版社（Editions P. Picquier, Arles），2001 年 3 月 5 日。

36. 夏衍（Xia Yan）著，《上海屋檐下》（*Sous les toits de Shanghai: pièce en trois actes*）
Rébecca Peyrelon（雷贝克・佩尔隆）译，
巴黎：友丰书店（Librairie You-Feng, Paris），2001 年 1 月 24 日。

37. 杨炼（Yang Lian）著，《河口上的房间》（*La Maison sur l'estuaire*）
Chantal Chen-Andro（尚德兰）译，
圣纳泽尔：MEET 出版社（Editions MEET, Saint-Nazaire），2001 年 12 月 15 日。

（二）专著或论著

1. 高行健（Gao Xingjian）著，《另一种美学》（*Pour une autre esthétique*）
Noël Dutrait（诺埃尔・杜特莱）、Liliane Dutrait（丽丽恩・杜特莱）合译，
巴黎：弗拉马利翁出版社（Editions Flammarion, Paris），2001 年 7 月 13 日。

2. 高行健（Gao Xingjian）著，《对话与反诘》（*Dialoguer, interlo-*

quer）
Annie Curien（安妮·居里安）译，
加尔尼埃尔 – 莫尔朗威尔茨：朗斯曼出版社（Lansman, Carnières-Morlanwelz, Belgique），2001 年 8 月 16 日。

3. 高行健（Gao Xingjian）著，《文学存在的理由》（*La raison d'être de la littérature*）
Noël Dutrait（诺埃尔·杜特莱）、Liliane Dutrait（丽丽恩·杜特莱）合译，
拉杜尔戴格：黎明出版社（Editions de l'Aube, La Tour-d'Aigues），2001 年 3 月 16 日。
4. 庞朴（Pang Pu）、Ysé Tardan-Masquelier（伊泽·塔尔当 – 马斯克里耶）合著，《智慧》（*La Sagesse*）
Claire Yang（克莱尔·杨）译，
巴黎：DDB 出版社（Editions Desclée de Brouwer, Paris），2001 年 10 月 23 日。

2002 年

（一）作品

1. 佚名（Aonymes），《玉鱼与凤凰别针：中国十七世纪故事二则》（*Le Poisson de jade et l'épingle au phénix. :Douze contes chinois du XVIIe siècle*）
Rainier Lanselle（蓝碁）译，
巴黎：伽利马尔出版社（Gallimard, Paris），2002 年。
2. 巴金（Ba Jin）著，《龙虎狗》（*Le Dragon, les tigres, le chien*）
Philippe Denizet（菲利浦·德尼泽）译，
巴黎：友丰书店（Librairie You-Feng, Paris），2002 年 1 月 24 日。
3. 程抱一（François Cheng）编，《云水之间：中国古代诗人与当今诗人之声》（*Entre source et nuage: voix de poètes dans la Chine*

d'hier et d'aujourd'hui）
François Cheng（程抱一）译，
巴黎：阿尔班·米歇尔出版社（Editions Albin Michel, Paris），2002年。

4. 池莉（Chi Li）著，《预谋杀人》（*Préméditation*）
Shao Baoqing（邵宝庆）、Angel Pino（安必诺）合译，
阿尔勒：南方汇编出版社（Editions Actes Sud, Arles），2002年11月4日。
5. 迟子建（Chi Zijian）著，《旧时代的磨房》（*Le Bracelet de jade*）
Dong Chun（董纯）译，
巴黎：中国蓝出版社（Editions Bleu de Chine, Paris），2002年3月1日。
6. 郭幽（Maurice Coyaud）编，《中国民族故事》（*Contes des peuples de la Chine*）
Maurice Coyaud（郭幽）译，
巴黎：法兰西苍蝇出版社（Editions Flies France, Paris），2002年。
7. 刁斗（Diao Dou）著，《孪生》（*Jumeaux*）
Anne Thiollier（阿纳·蒂奥利耶）、Catherine Lan（卡特琳娜·蓝）合译，
巴黎：中国蓝出版社（Editions Bleu de Chine, Paris），2002年1月11日。
8. 冯骥才（Feng Jicai）著，《俗世奇人》（*Le Petit Lettré de Tianjin et autres récits*）
Marie-France de Mirbeck（玛丽－弗朗斯·德·米尔贝克）译，
巴黎：中国蓝出版社（Editions Bleu de Chine, Paris），2002年6月10日。
9. 高行健（Gao Xingjian）著，《灵山》（*La Montagne de l'âme*）
Nöel Dutrait（诺埃尔·杜特莱）、Liliane Dutrait（丽丽恩·杜特莱）合译，

拉杜尔戴格：黎明出版社（Editions de l'Aube, La Tour-d'Aigues），2002 年 9 月 26 日。

10. 哈金（Ha Jin）著，《等待》（*La Longue attente*）
Mimi（米米）、Isabelle Perrin（伊莎贝尔·佩兰）合译，
巴黎：瑟伊出版社（Editions Seuil, Paris），2002 年 1 月 4 日。

11. 何家弘（He Jiahong）著，《人生怪圈——神秘的古画》（*Le Mystérieux tableau ancien*）
Marie-Claude Cantournet-Jacquet（玛丽 – 克洛德·康图尔内 – 雅盖）、Xiaomin Giafferri-Huang（黄晓敏）合译，
拉杜尔戴格：黎明出版社（Editions de l'Aube, La Tour-d'Aigues），2002 年 1 月 28 日。

12. 洪应明（洪自诚，Hong Zicheng）著，《菜根谭》（*Propos sur la racine des légumes*）
Martine Vallette-Hémery（赫美丽）译，
翁弗莱尔：祖尔马出版社（Editions Zulma, Honfleur），2002 年 9 月 20 日。

13. 黄蓓佳（Huang Beijia）著，《我要做个好孩子》（*L'Ecole des vers à soie*）
Patricia Batto（帕特里西雅·巴托）译，
阿尔勒：比基耶出版社（Editions P. Picquier, Arles），2002 年 10 月 28 日。

14. 许仲琳（Hsü Chunglin）著，《封神演义》（*L'Investiture des dieux: roman chinois de l'époque Ming*）
Jacques Garnier（雅克·卡尼尔）编译，
巴黎：友丰书店（Librairie You-Feng, Paris），2002 年 9 月 15 日。

15. 九丹（Jiu Dan）著，《乌鸦》（*Filles-dragons*）
André Lévy（莱维）译，
巴黎：中国蓝出版社（Editions Bleu de Chine, Paris），2002 年 10 月 10 日。

16. 老舍（Lao She）著，《我这一辈子》（*Histoire de ma vie*）
Paul Bady（巴迪）、Li Tche-houa（音译：李治华）、Françoise Moreux（莫芳素）等合译，
巴黎：伽利马尔出版社（Editions Gallimard, Paris），2002 年 1 月 2 日。
17. 老舍（Lao She）著，《离婚》（*La Cage entrebâillée*）
Paul Bady（巴迪）、Li Tche-houa（音译：李治华）合译，
巴黎：伽利马尔出版社（Editions Gallimard, Paris），2002 年 10 月 23 日。
18. 老牛（Laoniu）著，《奔腾 III》（*Pentium III*）
Véronique Chevaleyre（维罗尼克・舍瓦莱尔）、Geneviève Clastres（热纳维耶夫・克洛斯特）合译，
巴黎：中国蓝出版社（Editions Bleu de Chine, Paris），2002 年 9 月 6 日。
19. 刘心武（Liu Xinwu）著，《树与林同在》（*L'Arbre et la forêt: destins croisés*）
Roger Darrobers（戴鹤白）译，
巴黎：中国蓝出版社（Editions Bleu de Chine, Paris），2002 年。
20. 刘义庆（Liu Yiqing）著，《世说新语》（*Propos et anecdotes sur la vie selon le Tao. Précédé de Jardin d'anecdotes*）
Jacques Pimpaneau（班文干）译，
阿尔勒：比基耶出版社（Editions P. Picquier, Arles），2002 年 3 月 27 日。
21. 陆文夫（Lu Wenfu）著，《人之窝》（*Nid d'hommes*）
Chantal Chen-Andro（尚德兰）译，
巴黎：瑟伊出版社（Editions Seuil, Paris），2002 年 8 月 23 日。
22. 马建（Ma Jian）著，《亮出你的舌苔或空空荡荡》（*La mendiante de Shigatze*）
Isabelle Bijon（伊莎贝尔・比容）译，
法国阿尔勒：南方汇编出版社（Editions Actes Sud, Arles）、比利

时布鲁塞尔：拉伯出版社（Labor, Bruxelles, Belgique）、瑞士沃韦：平台出版社（Aire, Vevey, Suisse）联合出版，2002 年 1 月 11 日。

23. 棉棉（Mian Mian）著，《糖》（*Les Bonbons chinois*）
Sylvie Gentil（西尔维・让蒂）译，
巴黎：瑟伊出版社（Editions Seuil, Paris），2002 年 6 月 19 日。

24. 邱华栋（Qiu Huadong）著，《遗忘者之路》（*Voyage au pays de l'oubli*）
Claire Yang（克莱尔・杨）译，
巴黎：中国蓝出版社（Editions Bleu de Chine, Paris），2002 年 1 月 11 日。

25. 裘小龙（Qiu Xiaolong）著，《外滩花园》（*Visa pour Shanghai*）
Aline Sainton（阿利娜・圣东）译，
巴黎：勒维出版社（Editions L. Levi, Paris），2002 年。

26. 司马迁（Sima Qian）著，《史记》（*Mémoires historiques: vies de Chinois illustres*）
Jacques Pimpaneau（班文干）编译，
阿尔勒：比基耶出版社（Editions P. Picquier, Arles），2002 年 8 月 26 日。

27. 谭雪梅（Tan Xuemei）著，《情归法兰西》（*Les Larmes de Mona Lisa*）
Wang Jiann-Yuh（王健育）译，
巴黎：中国蓝出版社（Editions Bleu de Chine, Paris），2002 年 11 月 12 日。

28. 王超（Wang Chao）著，《安阳婴儿》（*L'Orphelin d'Anyang*）
Cécile Delattre（塞西尔・德拉特）译，
巴黎：中国蓝出版社（Editions Bleu de Chine, Paris），2002 年 1 月 11 日。

29. 王超（Wang Chao）著，《去了西藏》（*Tibet sans retour*）
Françoise Naour（弗朗索瓦兹・纳乌尔）译，

巴黎：中国蓝出版社（Editions Bleu de Chine, Paris），2002 年。

30. 王蒙（Wang Meng）著，《遥远的西部》（*Contes de l'Ouest lointain: nouvelles du Xinjiang*）
Françoise Naour（弗朗索沃兹·纳乌尔）译，
巴黎：中国蓝出版社（Editions Bleu de Chine, Paris），2002 年 5 月 16 日。

31. 王蒙（Wang Meng）著，《深灰色的眼珠》（*Des Yeux gris clair*）
Françoise Naour（弗朗索瓦兹·纳乌尔）译，
巴黎：中国蓝出版社（Editions Bleu de Chine, Paris），2002 年 9 月 6 日。

32. 西飏（Xi Yang）著，《青衣花旦》（*La Rêveuse et la dragueuse*）
Françoise Naour（弗朗索瓦兹·纳乌尔）译，
巴黎：中国蓝出版社（Editions Bleu de Chine, Paris），2002 年 9 月 6 日。

33. 西零（杨芳芳，Celine Yang）著，《总是巴黎》（*Paris, toujours Paris*）
Nöel Dutrait（诺埃尔·杜特莱）、Liliane Dutrait（丽丽恩·杜特莱）合译，
拉杜尔戴格：黎明出版社（Editions de l’aube, La Tour-d’Aigues），2002 年。

34. 杨炼（Yang Lian）著，《面具与鳄鱼》（*Masques et crocodiles*）
Chantal Chen-Andro（尚德兰）译，
贝藏松：维吉尔出版社（Editions Virgile, Besançon），2002 年 3 月 18 日。

35. 郁达夫（Yu Dafu）著，《秋河》（*Rivière d’automne et autres nouvelles*）
Stéphane Lévêque（斯特凡娜·莱韦克）译，
阿尔勒：比基耶出版社（Editions P. Picquier, Arles），2002 年 9 月 26 日。

36. 张宇（Zhang Yu）著，《软弱》（*DeuxRipoux à Zhengzhou*）

Claude Payen（巴彦）译，
阿尔勒：比基耶出版社（Editions P. Picquier, Arles），2002 年 2 月 25 日。

（二）专著或论著

1. 上海文史研究馆编，《旧上海的烟赌娼》（*Shanghai: opium, jeu, prostitution*）
   Nadine Perront（娜婷・佩伦）译，
   阿尔勒：比基耶出版社（Editions P. Picquier, Arles），2002 年。
2. 王以培（Wang Yipei）著，《游》（*Le voyage*）
   Chantal Chen-Andro（尚德兰）译，
   巴黎：DDB 出版社（Editions Desclée de Brouwer, Paris），2002 年 3 月 14 日。

2003 年

（一）作品

1. 阿来（Alai）著，《尘埃落定》（*Les pavots rouges*）
   Aline Weil（阿林娜・韦尔）译，
   摩纳哥：峭壁出版社（Editions du Rocher, Monaco），2003 年 3 月 20 日。
2. 阿来（Alai）著，《遥远的温泉》（*Sources lointaines*）
   Marie-France de Mirbeck（玛丽－弗朗斯德・米尔贝克）译，
   巴黎：中国蓝出版社（Bleu de Chine, à Paris），2003 年。
3. 白先勇（Bai Xianyong）著，《孽子》（*Garçons de cristal*）
   André Lévy（莱维）译，
   阿尔勒：比基耶出版社（P. Picquier à Arles），2003 年 1 月 21 日。
4. 毕飞宇（Bi Feiyu）著，《青衣》（*L'opéra de la lune*）

Claude Payen（巴彦）译，
阿尔勒：比基耶出版社（P. Picquier à Arles），2003 年 10 月 28 日。

5. 陈明（音）（Chen Ming）著，《乌云聚焦》（Les nuages noirs s'amoncellent）
Camille Loivier（卡米耶·卢瓦夫耶）译，
翁弗莱尔：祖尔玛出版社（Editions Zulma, Honfleur），2003 年 10 月 10 日。
6. 泰伦斯·程（Terrence Cheng）著，《中国学生》（*L'étudiant chinois*）
Anne Rabinovitch（安娜·拉比诺维奇）译，
巴黎：法兰西信使出版社（Editions Mercure de France），2003 年 5 月 15 日。
7. 戴来（Dai Lai）著，《对面有人》（*L'insecte sur la toile*）
Véronique Chevaleyre（韦罗尼克·舍瓦莱尔）译，
巴黎：中国蓝出版社（Editions Bleu de Chine, Paris），2003 年 9 月 15 日。
8. 刁斗（Diao Dou）著，《解决》（*Solutions*）
Véronique Woillez（韦罗尼克·瓦耶）译，
巴黎：中国蓝出版社（Editions Bleu de Chine, Paris），2003 年 1 月 3 日。
9. 方方（Fang Fang）著，《风景》（*Une vue splendide*）
Dany Filion（达尼·菲利翁）译，
阿尔勒：比基耶出版社（Editions Philippe Picquier , Arles），2003 年。
10. 冯骥才（Feng Jicai）著，《感谢生活》（*Que cent fleurs s'épanouissent*）
Marie-France de Mirbeck（玛丽－弗朗斯·德米尔贝克）、Antoinette Nodot（安托瓦尼特·诺多）合译，
巴黎：伽利玛尔青年出版社（Editions Gallimard-Jeunesse,

Paris），2003 年 10 月 9 日。

11. 格非（Ge Fei）著，《褐色鸟群》（*Nuée d'oiseaux bruns*）
Chantal Chen-Andro（尚德兰）译，
阿尔勒：比基耶出版社（Editions P. Picquier, Arles），2003 年。

12. 格非（Ge Fei）著，《人面桃花》（*Impressions à la saison des pluies: nouvelles*）
Xiaomin Giafferi-Huang（黄晓敏）、Marie-Claude Cantournet-Jacquet（玛丽 – 克洛德・康图尔内 – 雅盖）合译，
拉杜尔戴格：黎明出版社（Editions de l'Aube, La Tour-d'Aigues），2003 年。

13. 郭小橹（Guo Xiaolu）著，《石头镇》（*La ville de pierre*）
Claude Payen（巴彦）译，
阿尔勒：比基耶出版社（Editions P. Picquier, Arles），2003 年。

14. 何家弘（He Jiahong）著，《龙眼石之谜》（*L'Énigme de la pierre Oeil- de-Dragon*）
Marie-Claude Cantournet-lacquet（玛丽 – 克洛德・康图尔内 – 雅盖）、Xiaomin Giafferri-Huang（黄晓敏）合译，
拉杜尔戴格：黎明出版社（Editions de l'Aube, La Tour-d'Aigues），2003 年。

15. 何家弘（He Jiahong）著，《人生怪圈——神秘的古画》（*Le mystérieux tableau ancien*）
Marie-Claude Cantournet-Jacquet（玛丽 – 克洛德・康图尔内 – 雅盖）、Xiaomin Giafferri-Huang（黄晓敏）合译，
拉杜尔戴格：黎明出版社（Editions de l'Aube, La Tour-d'Aigues），2003 年 1 月 11 日。

16. 何家弘（He Jiahong）著，《血罪》（*Crime de sang*）
Marie-Claude Cantournet-Jacquet（玛丽 – 克洛德・康图尔内 – 雅盖）、Xiaomin Giafferri-Huang（黄晓敏）合译，
拉杜尔戴格：黎明出版社（Editions de l'Aube, La Tour-d'Aigues），2003 年 1 月 15 日。

17. 虹影（Hong Ying）著，《孔雀的叫喊》（*Le livre des secrets de l'alcôve*）
Véronique Jacquet-Woillez（韦罗尼克·雅盖－瓦耶）译，
巴黎：瑟伊出版社（Editions Seuil, Paris），2003 年 1 月 3 日。
18. 胡昉（Hu Fang）著，《购物乌托邦》（*Shopping utopia*）
Caroline Grilllot（卡罗琳·格里约）译，
巴黎：中国蓝出版社（Editions Bleu de Chine, Paris），2003 年 6 月 4 日。
19. 皮埃尔·卡泽尔（Pierre Kaser）编，《碧玉楼》（*Le pavillon des jades*）
Aloïs Tatu（阿洛伊斯·塔蒂）、Pierre Kaser（皮埃尔·卡泽尔）合译，
阿尔勒：比基耶出版社（Editions P. Picquier, Arles），2003 年。
20. 老舍（Lao She）著，《从不说谎的人》（*L'homme qui ne mentait jamais*）
Claude Payen（巴彦）译，
阿尔勒：比基耶出版社（Editions P. Picquier, Arles），2003 年 1 月 28 日。
21. 老舍（Lao She）著，《正红旗下》（*L'enfant du nouvel an*）
Paul Bady（保尔·巴迪）、Li Tche-houa（音译：李治华）合译，
巴黎：伽利马尔出版社（Editions Gallimard, Paris），2003 年 5 月 22 日。
22. 老舍（Lao She）著，《二马》（*Messieurs Ma, père et fils*）
Claude Payen（巴彦）译，
阿尔勒：比基耶出版社（Editions P. Picquier, Arles），2003 年 9 月 26 日。
23. 李昂（Li Ang）著，《迷园》（*Le jardin des égarements*）
André Lévy（莱维）译，
阿尔勒：比基耶出版社（Editions P. Picquier, Arles），2003 年 1 月 28 日。

24. 廖子馨（Liao Zixin）著，《奥戈的故事》（*Les hallucinations d'Ao Ge*）
Françoise Naour（弗朗索瓦兹·纳乌尔）译，
巴黎：中国蓝出版社（Editions Bleu de Chine, Paris），2003 年 6 月 4 日。

25. 刘庆邦（Liu Qingbang）著，《神木》（*Le puits aveugle*）
Marianne Lepolard（玛丽安娜·勒波拉尔）译，
巴黎：中国蓝出版社（Editions Bleu de Chine, Paris），2003 年 10 月 3 日。

26. 刘心武（Liu Xinwu）著，《尘与汗》（*Poussière et sueur*）
Roger Darrobers（戴鹤白）译，
巴黎：中国蓝出版社（Editions Bleu de Chine, Paris），2003 年。

27. 刘心武（Liu Xinwu）著，《树与林同在》（*L'arbre et la forêt: destins croisés*）
Roger Darrobers（戴鹤白）译，
巴黎：中国蓝出版社（Editions Bleu de Chine, Paris），2003 年 1 月 3 日。

28. 刘心武（Liu Xinwu）著，《护城河畔的灰姑娘》（*La Cendrillon du canal*）
Roger Darrobers（戴鹤白）译，
巴黎：中国蓝出版社（Bleu de Chine, à Paris），2003 年 5 月 15 日。

29. 刘以鬯（Liu Yichang）著，《对倒》（*Tête-bêche*）
Pascale Wei-Guinot（帕斯卡尔·魏－吉诺）译，
阿尔勒：比基耶出版社（Editions P. Picquier, Arles），2003 年 4 月 24 日。

30. 陆文夫（Lu Wenfu）著，《人之窝》（*Nid d'hommes*）
Chantal Chen-Andro（尚德兰）译，
巴黎：瑟伊出版社（Editions Seuil, Paris），2003 年 8 月 23 日。

31. 卢育安（音译，Lu Yo-ane）著，《我没有错》（*Ce n'est pas ma*

faute）
Philippe Denizet（菲利浦·德尼泽）译，
巴黎：友丰书店（Libr. You-Feng, Paris），2003 年 12 月 15 日。

32. 马德升（Ma Desheng）著，《白梦·黑魂》（*Rêves blancs, âme noire*）
Emmanuelle Péchenart（佩许纳）译，
拉杜尔戴格：黎明出版社（Editions de l’Aube, La Tour-d’Aigues），2003 年 11 月 19 日。

33. 邱华栋（Qiu Huadong）著，《黑暗河流上的闪光》（*Reflets sur la rivière obscure*）
Claire Yang（克莱尔·杨）译，
巴黎：中国蓝出版社（Editions Bleu de Chine, Paris），2003 年 1 月 3 日。

34. 裘小龙（Qiu Xialong）著，《红英之死》（*Mort d’une héroïne rouge*）
Fanchita Gonzales Batlle（范希塔·冈萨雷斯·巴特勒）译，
巴黎：点子出版社（Editions Points, Paris），2003 年 1 月 15 日。

35. 裘小龙（Qiu Xiaolong）著，《外滩花园》（*Visa pour Shanghaï*）
Aline Sainton（阿林娜·圣东）译，
巴黎：勒维出版社（Editions L. Levi, Paris），2003 年 1 月 15 日。

36. 苏轼（Su Shi）著，《自述》（*Sur moi-même*）
Jacques Pimpaneau（班文干）译，
阿尔勒：比基耶出版社，（Editions P. Picquier, Arles），2003 年 1 月 28 日。

37. 苏童（Su Tong）著，《红粉》（*Visages fardés*）
Denis Bénéjam（德尼·贝内让）译，
阿尔勒：比基耶出版社（Editions P. Picquier, Paris），2003 年 3 月 18 日。

38. 苏童（Su Tong）著，《米》（*Riz*）
Noël Dutrait（诺埃尔·杜特莱）、Liliane Dutrait（丽丽恩·杜特

莱）合译，
拉杜尔戴格：黎明出版社（Éditions. de l'Aube, La Tour-d'Aigues），2003 年。

39. 谭恩美（Amy Tan）著，《接骨师之女》（*Les fantômes de LuLing*）
Anne Damour（安娜·达穆尔）译，
巴黎：罗贝尔·拉封出版社（Editions R. Laffont, Paris），2003 年 2 月 20 日。

40. 王安忆（Wang Anyi）著，《忧伤的年代》（*Amère jeunesse*）
Éric Jacquemin（埃里克·雅克曼）译，
巴黎：中国蓝出版社（Editions Bleu de Chine, Paris），2003 年。

41. 王超（Wang Chao）著，《去了西藏》（*Tibet sans retour*）
Françoise Naour（弗朗索瓦兹·纳乌尔）译，
巴黎：中国蓝出版社（Editions Bleu de Chine, Paris），2003 年 1 月 3 日。

42. 王蒙（Wang Meng）著，《笑而不答》（*Les sourires du sage: brèves d'écritoire*）
Françoise Naour（弗朗索瓦兹·纳乌尔）译，
巴黎：中国蓝出版社（Editions Bleu de Chine, Paris），2003 年 12 月 5 日。

43. 卫慧（Wei Hui）著，《上海宝贝》（*Shanghai Baby*）
Cora Whist（科拉·维斯特）译，
阿尔勒：比基耶出版社（Editions P. Picquier, Arles），2003 年 1 月 21 日。

44. 吴承恩（Wou Tch'eng-en）著，《西游记》（*Le singe pèlerin ou Le pèlerinage d'Occident*）
Arthur Waley（亚瑟·韦利）英译，George Deniker（乔治·德尼克尔）法译，
巴黎：拜约和海岸出版社（Editions Payot & Rivages, Paris），2003 年 1 月 3 日。

45. 西飏（Xi Yang）著，《床前明月光》（*La shampouineuse*）
Caroline Grillot（卡罗琳・格里约）译，
巴黎：中国蓝出版社（Editions Bleu de Chine, Paris），2003 年 6 月 4 日。

46. 夏衍（Xia Yan）著，《法西斯细菌》（五幕剧）（*Le virus du fascisme: pièces en cinq actes*）
Rébecca Peyrelon（雷贝克・佩尔隆）译，
巴黎：友丰书店（Librairie You-Feng, Paris），2003 年 1 月 27 日。

47. 欣然（Xinran）著，《中国的好女人们》（*Chinoises*）
Marie-Odile Probst（玛丽 – 奥迪尔・普罗布斯特）译，
阿尔勒：比基耶出版社（Editions P. Picquier, Arles），2003 年 1 月 21 日。

48. 徐星（Xu Xing）著，《剩下的都属于你》（*Et tout ce qui reste est pour toi*）
Sylvie Gentil（西尔维・让蒂）译，
巴黎：橄榄树出版社（Editions de L'Olivier, Paris），2003 年 8 月 22 日。

49. 徐星（Xu Xing）著，《无主题变奏》（*Variations sans thème*）
Sylvie Gentil（西尔维・让蒂）译，
巴黎：橄榄树出版社（Editions de L'Olivier, Paris），2003 年 8 月 22 日。

50. 余华（Yu Hua）著，《在细雨中呼喊》（*Cris dans la bruine*）
Jacqueline Guyvallet（雅克利娜・吉瓦莱）译，
阿尔勒：南方汇编出版社（Editions Actes Sud, Arles），2003 年 5 月 9 日。

51. 余华（Yu Hua）著，《河边的错误》（*Un Monde évanoui*）
Nadine Perront（娜婷・佩伦）译，
阿尔勒：比基耶出版社（Editions P. Picquier, Arles），2003 年 8 月 26 日。

（二）专著或论著

1. 李渔（Li Yu）著，《闲情偶记》（*Au gré d'humeurs oisives: les carnets secrets de Li Yu: un art du bonheur en Chine*）
Jacques Dars（谭霞客）译，
阿尔勒：比基耶出版社（Editions P. Picquier, Arles），2003 年 10 月 17 日。
2. 廖亦武（Liao Yiwu）著，《中国底层访谈录》（*L'empire des bas-fonds*）
Marie Holzman（侯芷明）译，
巴黎：中国蓝出版社（Editions Bleu de Chine, Paris），2003 年 4 月 4 日。
3. 林语堂（Lin Yutang）著，《中国人》（*La Chine et les Chinois*）
S. Bourgeois（S. 布尔日瓦）、P. Bourgeois（P. 布尔日瓦）合译，
巴黎：拜约出版社（Editions Payot, Paris），2003 年 1 月 3 日。
4. 叶舒宪（Ye Shuxian）、Michel Sauquet（米歇尔・索盖）合著，《情》（*La Passion*）
Chantal Chen-Andro（尚德兰）译，
巴黎：DDB 出版社（Editions Desclée de Brouwer, Paris），2003 年 3 月 12 日。

2004 年

（一）作品

1. 阿城（A Cheng）著，《天不公》（*Injures célestes*）
Nöel Dutrait（诺埃尔・杜特莱）、Liliane Dutrait（丽丽恩・杜特莱）合译，
拉杜尔戴格：黎明出版社（Editions de l'Aube, La Tour-d'Aigues），2004 年 3 月 17 日。
2. 巴金（Ba Jin）著，《憩园》（*Le jardin du repos*）

Nicolas Chapuis（郁白）、Roger Darrobers（戴鹤白）合译，
巴黎：罗贝尔·拉封出版社（Editions R. Laffont, Paris），
2004 年。

3. 北岛（Bei Dao）著，《零度以上的风景线》（*Paysage au-dessus de zéro*）
Chantal Chen-Andro（尚德兰）译，
拜尔瓦尔：西尔赛出版社（Editions Circé, Belval），2004 年 11 月 27 日。

4. 毕飞宇（Bi Feiyu）著，《雨天的棉花糖》（*De la barbe à papa un jour de pluie*）
Isabelle Rabut（何碧玉）译，
阿尔勒：南方汇编出版社（Editions Actes Sud, Arles），2004 年 3 月 4 日。

5. 陈致元（Chen Chih-Yuan）著，《小鱼散步》（*En allant acheter des oeufs*）
Marie Laureillard（罗玛丽）译，
阿尔勒：比基耶出版社（Editions P. Picquier, Arles），2004 年 9 月 27 日。

6.《天空飞逝——中文新诗选》（*Le Ciel en fuite, Anthologie de la nouvelle poésie chinoise*）
Chantal Chen-Andro（尚德兰）、Martine Vallette-Hémery（赫美丽）合译，
拜尔瓦尔：西尔赛出版社（Editions Circé, Belval），2004 年 4 月 15 日。

7. 池莉（Chi Li）著，《你是一条河》（*Tu es une rivière*）
Angel Pino（安必诺）、Isabelle Rabut（何碧玉）合译，
阿尔勒：南方汇编出版社（Editions Actes Sud, Arles），2004 年 3 月 4 日。

8. 池莉（Chi Li）著，《云破处》（*Trouée dans les nuages*）
Isabelle Rabut（何碧玉）、Shao Baoqing（邵宝庆）译，

法国阿尔勒：南方汇编出版社（Actes Sud, Arles）、加拿大蒙特利尔：勒梅亚克出版社（Leméac, Montréal, Canada）联合出版，2004 年 3 月 10 日。

9. 迟子建（Chi Zijian）著，《香坊》（*La fabrique d'encens,* Précédé de *Neuf pensées*）
Dong Chun（董纯）译，
巴黎：中国蓝出版社（Editions Bleu de Chine, Paris），2004 年 9 月 29 日。

10.《香港中篇小说选》（收录香港作家梁炳宽、刘以鬯等十二位作家作品）（*Anthologie de nouvelles de Hong Kong*）
Annie Curine（安妮・居里安）译，
巴黎：伽利马尔出版社（Editions Gallimard, Paris），2004 年 3 月 4 日。

11.《中国灵感》（*Inspirations chinoises*）
Isild Darras（伊丝尔德・达拉斯）翻译、注释，
巴黎：拉尔玛唐出版社（Editions l'Harmattan, Paris），2004 年。

12. 刁斗（Diao Dou）著，《布谷鸟的窠》（*Nid de coucou*）
Véronique Woillez（韦罗尼克・瓦耶）译，
巴黎：中国蓝出版社（Editions Bleu de Chine, Paris），2004 年 1 月 16 日。

13. 刁斗（Diao Dou）著，《罪》（*La faute*）
Véronique Jacquet-Woillez（韦罗尼克・雅盖 – 瓦耶）译，
巴黎：中国蓝出版社（Editions Bleu de Chine, Paris），2004 年 12 月 29 日。

14. 高行健（Gao Xingjian）著，《一个人的圣经》（*Le livre d'un homme seul*）
Nöel Dutrait（诺埃尔・杜特莱）、Liliane Dutrait（丽丽恩・杜特莱）合译，
巴黎：中国蓝出版社（Editions Bleu de Chine, Paris），2004 年 10 月 5 日。

15. 高行健（Gao Xingjian）著，《叩问死亡》（及《彼岸》《八月雪》）（*Le quêteur de la mort,* Suivi de *L'autre rive*, et *La neige en août*）
Nöel Dutrait（诺埃尔・杜特莱）、Liliane Dutrait（丽丽恩・杜特莱）合译，
巴黎：瑟伊出版社（Editions Seuil, Paris），2004 年 3 月 9 日。
16. 格非（Ge Fei）著，《雨季的感觉》（*Impressions à la saison des pluies*）
Xiaomin Giafferi-Huang（黄晓敏）、Marie-Claude Cantournet-Jacquet（玛丽－克洛德・康图尔内－雅盖）合译，
拉杜尔戴格：黎明出版社（Editions de l'Aube, La Tour-d'Aigues），2004 年 1 月 14 日。
17. 郭小橹（Guo Xiaolu）著，《石头镇》（*La ville de pierre*）
Claude Payen（巴彦）译，
阿尔勒：比基耶出版社（Editions P. Picquier, Arles），2004 年 1 月 21 日。
18. 哈金（Ha Jin）著，《疯狂》（*La démence du sage*）
Mimi（米米）、Isabelle Perrin（伊莎贝拉・贝琳）合译，
巴黎：瑟伊出版社（Editions Seuil, Paris），2004 年 1 月 2 日。
19. 哈金（Ha Jin）著，《池塘》（*La mare*）
Josée Piazza-Kamoun（若泽・皮亚扎－卡蒙）译，
巴黎：瑟伊出版社（Editions Seuil, Paris），2004 年 1 月 2 日。
20. 哈金（Ha Jin）著，《等待》（*La longue attente*）
Mimi（米米）、Isabelle Perrin（伊莎贝尔・贝琳）合译，
巴黎：瑟伊出版社（Editions Seuil, Paris），2004 年 2 月 16 日。
21. 韩寒（Han Han）著，《三重门》（*Les trois portes*）
Guan Jian（音译：关健）、Sylvie Schneiter（西尔维・施奈特）合译，
巴黎：拉戴斯出版社（Editions J. C. Lattès, Paris），2004 年 3 月 10 日。
22. 何家弘（He Jiahong）著，《龙眼石之谜》（*L'énigme de la pierre*

Oeil-de-Dragon）
Marie-Claude Cantournet-Jacquet（玛丽－克洛德·康图尔内－雅盖）、Xiaomin Giafferri-Huang（黄晓敏）合译，
拉杜尔戴格：黎明出版社（Editions de l'Aube, La Tour-d'Aigues），2004 年 1 月 14 日。

23. 贾平凹（Jia Pingwa）著，《废都》（*La capitale déchue*）
Geneviève Imbot-Bichet（热纳维耶芙·安博－比歇）译，
巴黎：斯托克出版社（Editions Stock, à Paris），2004 年。

24. 蒋子丹（Jiang Zidan）著，《桑烟为谁升起》（*Pour qui s'élève la fumée des mûriers?*）
Prune Cornet（普吕纳·科尔内）译，
巴黎：中国蓝出版社（Editions Bleu de Chine, Paris），2004 年 2 月 4 日。

25. 金庸（Jin Yong）著，《射雕英雄传》（第一卷）（*La légende du héros chasseur d'aigles,* Tome I）
Wang Jiann-Yuh（王健育）译，
巴黎：友丰书店（Librairie You-Feng, Paris），2004 年 4 月 3 日。

26. 金庸（Jin Yong）著，《射雕英雄传》（第二卷）（*La légende du héros chasseur d'aigles,* Tome II）
Wang Jiann-Yuh（王健育）译，
巴黎：友丰书店（Librairie You-Feng, Paris），2004 年 10 月 18 日。

27. 老舍（Lao She）著，《鼓书艺人》（*Les tambours*）
Claude Payen（巴彦）译并序，
阿尔勒：比基耶出版社（Editions P. Picquier, Arles），2004 年 8 月 27 日。

28. 李昂（Li Ang）著，《杀夫》（*Tuer son mari*）
Alain Peyraube（贝罗贝）、Hua-Fang Vizcarra（华芳·维斯卡拉）合译，
巴黎：德诺埃尔出版社（Editions Denoël, Paris），2004 年 3 月

4 日。

29. 李昂（Li Ang）著,《暗夜》（*Nuit obscure*）
Marie Laureillard（罗玛丽）译，
阿尔勒：南方汇编出版社（Editions Actes Sud, Arles），2004 年 10 月 22 日。

30.《中国古代笑话一百篇》（*Cent histoires drôles de la Chine ancienne*）
Jinjia Li（音译：李金佳）、Jean Mouchard（让·穆沙尔）合译，
巴黎：友丰书店（Librairie You-Feng, Paris），2004 年 3 月 15 日。

31. 李白（Li Po）著,《谪仙》（*L'exilé du ciel*）
Daniel Giraud（达尼埃尔·日洛）译，
巴黎：羽蛇出版社（Editions Le Serpent à Plumes, Paris），2004 年 3 月 11 日。

32. 林语堂（Lin Yutang）著,《京华烟云》（又名《瞬息京华》）（*Un moment à Pékin*）上卷《道家女儿》（Volume 1, *Enfances chinoises*）
François Fosca（弗朗索瓦·佛斯卡）译，
阿尔勒：比基耶出版社（Editions P. Picquier, Arles），2004 年 9 月 27 日。

33. 刘醒龙（Liu Xinglong）著,《挑担茶叶上北京》（*Du thé d'hiver pour Pékin*）
Françoise Naour（弗朗索瓦兹·纳乌尔）译，
巴黎：中国蓝出版社（Editions Bleu de Chine, Paris），2004 年 2 月 4 日。

34. 刘心武（Liu Xinwu）著,《尘与汗》（*Poussière et sueur*）
Roger Darrobers（戴鹤白）译，
巴黎：中国蓝出版社（Editions Bleu de Chine, Paris），2004 年 1 月 16 日。

35. 刘心武（Liu Xinwu）著,《人面鱼》（*Poisson à face humaine*）

Roger Darrobers（戴鹤白）译注，
巴黎：中国蓝出版社（Editions Bleu de Chine, Paris），2004 年 3 月 4 日。

36. 刘心武（Liu Xinwu）著，《老舍之死》（*La mort de Lao She*）
Françoise Naour（弗朗索瓦兹·纳乌尔）译，
巴黎：中国蓝出版社（Editions Bleu de Chine, Paris），2004 年 3 月 3 日。

37. 刘震云（Liu Zhenyun）著，《官人》（*Les mandarins*）
Sebastian Veg（魏简）译，
巴黎：中国蓝出版社（Editions Bleu de Chine, Paris），2004 年 9 月 3 日。

38. 鲁迅（Lu Xun）著，《彷徨》（*Errances*）
Jacques Meunier（雅克·默尼耶）译，
巴黎：友丰书店（Librairie You-Feng, Paris），2004 年 3 月 4 日。

39. 鲁迅（Lu Xun）著，《彷徨》（*Errances*）
Sebastian Veg（魏简）译，
巴黎：乌尔姆路出版社（Editions Rue d'Ulm, Paris），2004 年 3 月 10 日。

40. 陆文夫（Lu Wenfu）著，《人之窝》（*Nid d'hommes*）
Chantal Chen-Andro（尚德兰）译，
巴黎：瑟伊出版社（Editions Seuil, Paris），2004 年 2 月 16 日。

41. 陆游（Lu You）著，《陆游诗词选》（*Lu You: mandarin, poète et résistant de la Chine des Song*）
Patrick Doan（帕特里克·多昂）译，
普罗旺斯的埃克斯：埃克斯 – 马赛大学出版社（Presses Universitaires d'Aix-Marseille, Aix-en-Provence），2004 年 10 月 15 日。

42. 莫言（Mo Yan）著，《藏宝图》（*La carte au trésor*）
Antoine Ferragne（安托万·费拉涅）译，
阿尔勒：比基耶出版社（Editions P. Picquier, Arles），2004 年 1 月 21 日。

43. 莫言（Mo Yan）著，《丰乳肥臀》（*Beaux seins, belles fesses: les enfants de la famille Shangguan*）
Nöel Dutrait（诺埃尔·杜特莱）、Liliane Dutrait（丽丽恩·杜特莱）合译，
巴黎：瑟伊出版社（Editions Seuil, Paris），2004 年 2 月 5 日。
44. 莫言（Mo Yan）著，《铁孩》（*Enfant de fer*）
Chantal Chen-Andro（尚德兰）译，
巴黎：瑟伊出版社（Edtions Seuil, Paris），2004 年 2 月 5 日。
45. 莫言（Mo Yan）著，《酒国》（*Les pays de l'alcool*）
Nöel Dutrait（诺埃尔·杜特莱）、Liliane Dutrait（丽丽恩·杜特莱）合译，
巴黎：瑟伊出版社（Editions Seuil, Paris），2004 年 2 月 16 日。
46. 莫言（Mo Yan）著，《十三步》（*Les treize pas*）
Sylvie Gentil（希尔维·让蒂）译，
巴黎：瑟伊出版社（Editions Seuil, Paris），2004 年 2 月 16 日。
47. 莫言（Mo Yan）著，《爆炸》*Explosion*
Camille Loivier（卡米耶·卢瓦夫耶）译，
巴黎：特色出版社（Editions Caractères, Paris），2004 年 2 月 20 日。
48. 木青（Mu Qing）著，《五爱街》（*Le marché des amours et des peines ou Le marché de la rue Wu'ai*）
Rébecca Peyrelon（雷贝卡·佩尔隆）译，
巴黎：友丰书店（Librairie You-Feng, Paris），2004 年 3 月 22 日。
49.《中国古代文学选集》（*Anthologie de la littérature chinoise classique*）
Jacques Pimpaneau（班文干）译，
阿尔勒：比基耶出版社（Editions P. Picquier, Arles），2004 年 2 月 25 日。
50. 邱华栋（Qiu Huadong）著，《手上的星光》（*Scintillement sur la main*）

Eric Jacquemin（埃里克·雅克曼）译，
巴黎：中国蓝出版社（Editions Bleu de Chine, Paris），2004 年 12 月 29 日。

51. 裘小龙（Qiu Xiaolong）著，《石库门骊歌》（*Encres de Chine*）
Claire Mulkai（克莱尔·米尔凯）译，
巴黎：勒维出版社（Editions L. Levi, Paris），2004 年 2 月 5 日。

52. 裘小龙（Qiu Xiaolong）著，《陈操探案集——外滩花园》（*Visa pour Shanghai, Une enquête de l'inspecteur Chen*）
Aline Sainton（阿琳娜·圣东）译，
巴黎：瑟伊出版社（Editions Seuil, Paris），2004 年 2 月 16 日。

53. 石舒清（Shi Shuqing）著，《红花绿叶》（*Les cinq yuans*）
Françoise Naour（弗朗索瓦兹·纳乌尔）译，
巴黎：中国蓝出版社（Editions Bleu de Chine, Paris），2004 年 6 月 3 日。

54. 史铁生（Shi Tiesheng）著，《原罪·宿命》（*Fatalité*）
Annie Curien（安妮·居里安）译，
巴黎：伽利马尔出版社（Editions Gallimard, Paris），2004 年 2 月 5 日。

55. 苏东坡（Su Dongpo，即苏轼 Shu Shi）著，《东坡醉草》（*Un ermite reclus dans l'alcool: et autres rhapsodies*）
Stéphane Feuillas（费扬）译，
巴黎：特色出版社（Editions Caractères, Paris），2004 年 2 月 20 日。

56. 苏童（Su Tong）著，《米》（*Riz*）
Nöel Dutrait（诺埃尔·杜特莱）译，
拉杜尔戴格：黎明出版社（Editions de l'Aube, La Tour-d'Aigues），2004 年 1 月 14 日。

57. 苏童（Su Tong）著，《米》（*Riz*）
Nöel Dutrait（诺埃尔·杜特莱）、Liliane Dutrait（丽丽恩·杜特莱）合译，

巴黎：弗拉马里翁出版社（Editions Flammarion, Paris），2004 年 3 月 10 日。

58. 苏童（Su Tong）著，《妻妾成群》（*Epouses et concubines*）
Annie Au Yeung（欧阳因）译，
巴黎：弗拉马里翁出版社（Editions Flammarion, Paris），2004 年 3 月 10 日。

59. 田原（Tian Yuan）著，《斑马森林》（*La forêt zèbre*）
Sylvie Gentil（希尔维・让蒂）译，
巴黎：橄榄树出版社（Editions de l'Olivier, Paris），2004 年 3 月 9 日。

60. 铁凝（Tie Ning）著，《第十二夜》（*La douzième nuit*）
Prune Cornet（普吕纳・科尔内）、Liu Yang（音译：刘阳）合译，
巴黎：中国蓝出版社（Editions Bleu de Chine, Paris），2004 年 3 月 4 日。

61.《纯洁印象之歌：西藏诗歌选集》（*Chants de la vision pure: antholoige de la poésie tibétaine*）
土登晋巴（Thupten Jinpa）选译，
Catherine Saint-Guily（卡特琳・圣－吉伊）法译，
巴黎：贡查布出版社：（Editions Kunchab, Paris），2004 年 11 月 2 日。

62. 王蕤（Annie Wang）著，《莉莉》（*Lili*）
Daniel Roche（达尼埃尔・罗什）译，
巴黎：朗赛出版社（Editons Ramsay, Paris），2004 年 1 月 15 日。

63. 王安忆（Wang Anyi）著，《酸涩的青春》（*Amère jeunesse*）
Eric Jacquemin（埃里克・雅克曼）译，
巴黎：中国蓝出版社（Editions Bleu de Chine, Paris），2004 年 1 月 2 日。

64. 王安忆（Wang Anyi）、程乃珊（Cheng Naishan）、卫慧（Wei Hui）等著，《上海，不退计的影子》（*Shanghai, fantômes sans*

concession ）
Yvonne André（伊冯娜·安德烈）、Gilles Cabrero（吉勒·卡布雷罗）、Marie Laureillard（罗玛丽）等合译，
巴黎：别样出版社（Editions Autrement, Paris），2004 年 3 月 10 日。

65. 王超（Wang Chao）著，《南方》（*Homme du Sud, femme du Nord*）
Françoise Naour（弗朗索瓦兹·纳乌尔）译，
里尔：页页出版社（Editions Page à page, Lille），2004 年。

66. 王超（Wang Chao）著，《天堂有爱》（*Au paradis, l'amour*）
Cécile Delattre（塞西尔·德拉特）、Jean-Marie Casanova（让－玛丽·卡萨诺瓦）合译，
巴黎：中国蓝出版社（Editions Bleu de Chine, Paris），2004 年 9 月 29 日。

67. 王蒙（Wang Meng）著，《跳舞者》（*Celle qui dansait*）
Françoise Naour（弗朗索瓦兹·纳乌尔）译，
巴黎：中国蓝出版社（Editions Bleu de Chine, Paris），2004 年 12 月 29 日。

68. 王文兴（Wang Wenxing）著，《妈祖节》（La Fête *de la déesse Matsu*）
Camille Loivier（卡米耶·卢瓦夫耶）译，
巴黎：祖尔玛出版社（Editions Zulma, Paris）出版社，2004 年 2 月 25 日。

69. 西飏（Xi Yang）著，《河豚》（*Le poisson-globe*）
Françoise Naour（弗朗索瓦兹·纳乌尔）译，
巴黎：中国蓝出版社（Editions Bleu de Chine, Paris），2004 年 11 月 2 日。

70. 杨炼（Yang Lian）著，《大海停止之处》（*Là où s'arrête la mer*）
Chantal Chen-Andro（尚德兰）译，
巴黎：特色出版社（Editions Caractères, Paris），2004 年 2 月 20 日。

71. 翟永明（Zhai Yongming）著，《黑夜的意识》（*La conscience de la nuit*）
Shan Xu（徐杉）、Rong XiuFang（荣秀芳）、Jacques Charcosset（雅克·夏尔科塞）等译，
拉罗谢尔：时代传闻出版社（Editions Rumeur des âges, La Rochelle），2004 年 3 月 15 日。
72. 张大春（Zhang Dachun）著，《将军碑》（*La stèle du général*）
Mathilde Chou（马蒂尔德·周）、Pierre Charau（夏侯岩）合译，
阿尔勒：比基耶出版社（Editions P. Picquier, Arles），2004 年 2 月 26 日。
73. 张贤亮（Zhang Xianliang）著，《男人的一半是女人》（*La moitié de l'homme, c'est la femme*）
Yang Yuanliang（音译：杨元亮）译，
巴黎：贝尔丰出版社（Editions Belfond, Paris），2004 年 3 月 23 日。
74. 张贤亮（Zhang Xianliang）著，《习惯死亡》（*La mort est une habitude*）
An Mingshan（音译：安明山）、Michelle Loi（米歇尔·鲁阿）合译，
巴黎：贝尔丰出版社（Editions Belfond, Paris），2004 年 3 月 23 日。
75. 张辛欣（Zhang Xinxin）著，《疯狂的君子兰》（*Une folie d'orchidées*）
Cheng Yingxiang（音译：程应祥）译，
法国阿尔勒：南方汇编出版社（Editions Actes Sud, à Arles, France）、
加拿大蒙特利尔：勒麦阿克出版社（Editions Leméac, à Montréal, Canada）联合出版，2004 年 3 月 10 日。
76. 张宇（Zhang Yu）著，《软弱》（*Ripoux à Zhengzhou*）
Claude Payen（巴彦）译，

阿尔勒：比基耶出版社（Editions P. Picquier, Paris），2004 年 1 月 28 日。

77. 朱西宁（Zhu Xining）、朱天文（Zhu Tianwen）、朱天心（Zhu Tianxin）合著《淡水最后的列车》（*Le dernier train pour Tamsui*）
Angel Pino（安必诺）、Isabelle Rabut（何碧玉）合译，
巴黎：克里斯蒂安・布尔日瓦出版社（Christian Bourgois Editeur, Paris），2004 年 3 月 17 日。

78. 朱文颖（Zhu Wenying）著，《无可替代的故事》（*L'incontournable histoire*）
Caroline Grillot（卡罗琳・格里约）译，
巴黎：中国蓝出版社（Editions Bleu de Chine, Paris），2004 年 9 月 29 日。

79. 朱朱（Zhu Zhu）著，《青烟》（*Fumée bleue*）
Chantal Chen-Andro（尚德兰）译，
拉罗谢尔：时代传闻出版社（Editions Rumeur des âges, La Rochelle），2004 年 3 月 15 日。

（二）专著或论著

1. 高行健（Gao Xingjian）、杨炼（Yang Lian）著，《漂泊使我们获得了什么？——杨炼和高行健的对话》（*Visite à Gao Xingjian et Yang Lian: conversation*）
Chantal Chen-Andro（尚德兰）译并序，
巴黎：特色出版社（Editions Caractères, Paris），2004 年 2 月 20 日。

2. 高行健（Gao Xingjian）著，《文学的见证》（学术研讨会上的演讲）（*Le témoignage de la littérature*）
Nöel Dutrait（诺埃尔・杜特莱）、Liliane Dutrait（丽丽恩・杜特莱）合译，
巴黎：瑟伊出版社（Editions Seuil, Paris），2004 年 3 月 9 日。

3. 林语堂（Lin Yutang）著，《生活的艺术》（*L'importance de*

vivre）
J. Biadi（J. 比亚迪）译，
阿尔勒：比基耶出版社（Editions P. Picquier, Arles），2004 年 9 月 3 日。

4. 陆羽（Lu Yu）著，《茶经》（*Le Cha jing ou Classique du thé*）
Véronique Chevaleyre（韦罗尼克・舍瓦莱尔）译，
巴黎：戈斯维奇出版社（Editions J. -C. Gawsewitch, Paris），2004 年 11 月 24 日。
5. 钟银兰（Zhong Yinglan）著，《画僧八大山人》（*Ba Da Shanren le peintre-moine*）
Pascale Delvallée（帕斯卡尔・德尔瓦莱）译，
巴黎：友丰书店（Librairie You-Feng, Paris），2004 年 10 月 11 日。

2005 年

（一）作品

1. 佚名（Anonyme），《妖狐艳史》（*Galantes chroniques de renardes enjôleuses: féerie érotique et morale des Qing*）
Aloïs Tatu（阿洛伊斯・塔蒂）译，
阿尔勒：比基耶出版社（Editions P. Picquier, Arles），2005 年 11 月。
2. 毕飞宇（Bi Feiyu）著，《三姐妹》（*Trois soeurs*）
Claude Payen（巴彦）译，
阿尔勒：南方汇编出版社（Editions Actes Sud, Arles），2005 年 1 月 27 日。
3. 张爱玲（Eileen Chang）著，《倾城之恋》（*Un amour dévastateur*）
Emmanuelle Péchenart（佩许纳）译，
拉杜尔戴格：黎明出版社（Editions de l'Aube, La Tour-d'Aigues），2005 年 1 月 14 日。
4. 陈致远（Chen Chih-Yuan）著，《去买鸡蛋的路上》（*En allant*

acheter des oeufs)
Marie Laureillard（罗玛丽）译，
阿尔勒：比基耶出版社（Editions P. Picquier, Arles），2005 年 9 月 27 日。

5. 池莉（Chi Li）著，《池莉选集》(*Coffret Chi Li*)
包括以下 3 部作品：
《云破处》(*Trouée dans les nuages*)
《烦恼人生》(*Triste vie*)
《你以为你是谁？》(*Pour qui te prends-tu*)
Shao Baoqing（邵宝庆）、Isabelle Rabut（何碧玉）、Hervé Denès（埃尔韦·德内斯）合译，
阿尔勒：南方汇编出版社（Editions Actes Sud, Arles），2005 年 2 月 1 日。

6. 池莉（Chi Li）著，《太阳出世》(*Soleil levant*)
Angel Pino（安必诺）译，
阿尔勒：南方汇编出版社（Editions Actes Sud, Arles），2005 年 5 月 2 日。

7. 池莉（Chi Li）著，《烦恼人生》(*Triste vie*)
Shao Baoqing（邵宝庆）译，
阿尔勒：南方汇编出版社（Editions Actes Sud, Arles），2005 年 6 月 8 日。

8. 《中国灵感》(*Inspirations chinoises*)
Isild darras（伊丝尔德·达拉斯）译注，
巴黎：拉尔玛唐出版社（Editions l'Harmattan, Paris），2005 年 2 月 2 日。

9. 刁斗（Diao Dou）著，《罪》(*La faute*)
Véronique Jacquet-Woillez（韦罗尼克·雅盖 – 瓦耶）译，
巴黎：中国蓝出版社（Editions Bleu de Chine, Paris），2005 年 2 月。

10. 高行健（Gao Xingjian）著，《给我姥爷买鱼竿》(*Une canne à*

pêche pour mon grand-père: et autres textes）
Nöel Dutrait（诺埃尔・杜特莱）、Liliane Dutrait（丽丽恩・杜特莱）合译，
拉杜尔戴格：黎明出版社（Editions de l'Aube, La Tour-d'Aigues），2005 年 10 月 14 日。

11. 高行健（Gao Xingjian）著，《八月雪：两幕抒情史诗》（*La neige en août: épopée lyrique en deux actes*）
许舒亚（Shuya Xu）作曲
Noël Dutrait（诺埃尔・杜特莱）、Liliane Dutrait（丽丽恩・杜特莱）合译，
阿尔勒：南方汇编出版社（Editions Actes Sud, Arles），2005 年 1 月 31 日。

12. 何家弘（He Jiahong）著，《人生误区——龙眼石之谜》（*L'énigme de la pierre Oeil-de-Dragon*）
Marie-Claude Cantournet-Jacquet（玛丽 – 克洛德・康图尔内 – 雅盖）、Xiaomin Giafferri-Hunang（黄晓敏）合译，
拉杜尔戴格：黎明出版社（Editions. de l'Aube, La Tour-d'Aigues），2005 年 1 月 1 日。

13. 何家弘（He Jiahong）著，《血罪》（*Crime de sang*）
Marie-Claude Cantournet-Jacquet（玛丽 – 克洛德・康图尔内 – 雅盖）、Xiaomin Giafferri-Huang（黄晓敏）合译，
拉杜尔戴格：黎明出版社（Editions de l'Aube, La Tour-d'Aigues），2005 年 1 月 15 日。

14. 何家弘（He Jiahong）著，《故事幕后的罪恶》（*Crimes et délits à la Bourse de Pékin*）
Marie-Claude Cantournet-Jacquet（玛丽 – 克洛德・康图尔内 – 雅盖）、Xiaomin Giafferri-Huang（黄晓敏）合译，
拉杜尔戴格：黎明出版社（Editions de l'Aube, La Tour-d'Aigues），2005 年 6 月 11 日。

15. 黄蓓佳（Huang Beijia）著，《这一瞬间如此辉煌》（及《雨巷》）

(*Ephémère beauté des cerisiers en fleurs,* Suivi de *Ruelle de la pluie:* nouvelle)
Philippe Denizet（菲利浦·德尼泽）译，
巴黎：友丰书店（Librairie You-feng, Paris），2005 年 6 月 1 日。

16. 黄蓓佳（Huang Beijia）著，《我要做个好孩子》(*L'école des vers à soie*)
Patricia Batto（帕特里西雅·巴托）、Gao Tian Hua（音译：高天华）合译，
阿尔勒：比基耶出版社（Editions P. Picquier, Arles），2005 年 9 月 28 日。

17.《中国传奇故事》(*Contes merveilleux chinois*: choix de contes chinois des dynasties Sung, Tang et Ching)
Hsou Lien-Tuan（修廉团）、Simone Greslebin（西蒙娜·格雷勒班）合译，
巴黎：玛克西书籍出版社（Editions Maxi-livres, Paris）出版社，2005 年。

18. 老舍（Lao She）著，《抗战戏剧：四个剧本（1939—1942）》(*Théâtre pour la résistance: quatre pièces 1939-1942*)
Bernard Delarge（贝尔纳·德拉尔日）译，
巴黎：友丰书店（Librairie You-Feng, Paris），2005 年 10 月 24 日。

19. 李昂（Li Ang）著，《迷园》(*Le jardin des égarements*)
André Lévy（莱维）译，
阿尔勒：比基耶出版社（Editions P. Picquier, Arles），2005 年 10 月 28 日。

20. 刘鹗（Lieou Ngo）著，《老残游记》(*Pérégrinations d'un clochard*)
Cheng Tcheng（盛成）译，
巴黎：伽利马尔出版社（Editions Callimard, Paris），2005 年 9 月 29 日。

21. 林语堂（Lin Yutang）著，《京华烟云》（又名《瞬息京华》中卷《庭园悲剧》*Un moment à Pékin*, Volume 2, *Le triomphe de la vie*）
François Fosca（弗朗索瓦·佛斯卡）译，
阿尔勒：南方汇编出版社（Editions Actes Sud, Arles），2005 年 3 月 24 日。
22. 刘心武（Liu Xinwu）著，《蓝夜叉》（*La démone bleue*）
Roger Darrobers（戴鹤白）译，
巴黎：中国蓝出版社（Editions Bleu de Chine, Paris），2005 年 3 月 24 日。
23. 罗蒙利（音）（Lo-Mengli）著，《爱的疯狂：一个 18 世纪中国女人的忏悔》（*La folle d'amour: confession d'une Chinoise du XVIIIe siècle*）
adapté et préfacé par Lucie Paul-Margueritte（露西·保罗 – 玛格丽特）编译，
巴黎：友丰书店（Librairie You-feng, Paris），2005 年 1 月。
24. 马建（Ma Jian）著，《红尘》（*Chemins de poussière rouge*）
Jean-Jacques Bretou（让 – 雅克·布雷度）译，
拉杜尔戴格：黎明出版社（Editions de l'Aube, La Tour-d'Aigues），2005 年 1 月 15 日。
25. 莫言（Mo Yan）著，《师傅越来越幽默》（*Le maître a de plus en plus d'humour*）
Nöel Dutrait（诺埃尔·杜特莱）译，
巴黎：瑟伊出版社（Editions du Seuil, Paris），2005 年 3 月 4 日。
26. 莫言（Mo Yan）著，《丰乳肥臀》（*Beaux seins, belle fesses: les enfants de la famille Shangguan*）
Nöel Dutrait（诺埃尔·杜特莱）、Liliane Dutrait（丽丽恩·杜特莱）合译，
巴黎：瑟伊出版社（Editions Seuil, Paris），2005 年 10 月 7 日。
27. 莫言（Mo Yan）著，《天堂蒜薹之歌》（*La mélopée de l'ail paradisiaque*）

Chantal Chen-Andro（尚德兰）译，
巴黎：瑟伊出版社（Editions Seuil, Paris），2005 年 10 月 7 日。

28. 木子美（Mu Zimei）著，《遗情书》（*Journal sexuel d'une jeune Chinoise sur le net*）
Catherine Charmant（卡特琳·沙尔芒）译，
巴黎：阿尔班·米歇尔出版公司（Editions Albin Michel, Paris），2005 年 5 月 4 日。

29. 巴金（Pa Kin）著，《憩园》（*Le jardin du repos*）
Nicolas Chapuis（郁白）与 Roger Darrobers（戴鹤白）合译，
巴黎：罗贝尔·拉封出版社（Editions R. Laffont, Paris），2005 年 1 月 6 日。

30. 蒲松龄（Pu Songling）著，《聊斋志异》（*Chroniques de l'étrange*）
André Lévy（莱维）译，
阿尔勒：比基耶出版社（Editions P. Picquie, Arles），2005 年 10 月 28 日。

31. 邱华栋（Qiu Huadong）著，《手上的星光》（*Scintillement sur la main*）
Eric Jacquemin（埃里克·雅克曼）译，
巴黎：中国蓝出版社（Editions Bleu de Chine, Paris），2005 年 1 月 3 日。

32. 石玉昆（Shi Yukun）著，《包公案》（*Les plaidoiries du juge Bao,* Volume 2005）
Rébecca Peyrelon-Wang（雷贝卡·佩雷龙－王）译，
巴黎：友丰书店（Librairie You-feng, Paris），2005 年 10 月 24 日。

33. 苏童（Su Tong）著，《我的帝王生涯》（*Je suis l'empereur de Chine*）
Claude Payen（巴彦）译，
阿尔勒：比基耶出版社（Editions P. Picquier, Arles），2005 年 9

月 21 日。

34. 苏伟贞（Su Weizhen）著,《分手：小小说》(*Séparations: petits romans*)
Véronique Jacquet-Woillez（韦罗尼克·雅盖－瓦耶）译,
巴黎：中国蓝出版社（Editions Bleu de Chine, Paris），2005 年 9 月 2 日。

35. 铁凝（Tie Ning）著,《棉花垛》(*Fleurs de coton*)
Véronique Chevaleyre（韦罗尼克·舍瓦莱尔）译,
巴黎：中国蓝出版社（Editions Bleu de Chine, Paris），2005 年 1 月 28 日。

36. 谢立文（Tse, Brian）著,《理想一日》(*Une journée idéale*)
Marie Laureillard（罗玛丽）译,
阿尔勒：比基耶出版社（Editions P. Picquier, Arles），2005 年 9 月 1 日。

37. 王超（Wang Chao）著,《南方》(*Homme du Sud, femme du Nord*)
Françoise Naour（弗朗索瓦兹·纳乌尔）译,
巴黎：中国蓝出版社（Editions Bleu de Chine, Paris），2005 年 5 月 4 日。

38. 王星宇（音译，Wang Xingyu）著,《杨浦小流氓》(*Petit voyou de l'arrondissement de Yang Pu*)
Jean Testard（让·泰斯塔尔）、Olivier Descour（奥利维耶·德库尔）合译,
巴黎：拉尔玛唐出版社（Editions L'Harmattan, Paris），2005 年 7 月 18 日。

39. 吴从先（Wu Congxian）著,《小窗自纪》(*Vu par la petite fenêtre*)
Martine Vallette-Hemery（赫美丽）译,
巴黎：中国蓝出版社（Editions Bleu de Chine, Paris），2005 年 5 月 4 日。

40. 欣然（Xinran）著,《天葬》(*Funérailles célestes*)
Maïa Bhârathî（马伊亚·巴拉蒂）译,
阿尔勒：比基耶出版社（Editions Philippe Picquier, Arles），2005年1月1日。

41. 欣然（Xinran）著,《天葬》(*Funérailles célestes*)
Maïa Bhârathî（马伊亚·巴拉蒂）译,
巴黎：放大镜出版社（Editions de la Loupe, Paris），2005年6月2日。

42. 欣然（Xinran）著,《中国好女人》(*Chinoises*)
Marie-Odile Probst-Gledhill（玛丽－奥迪尔·普罗布－格勒迪尔）译,
阿尔勒：比基耶出版社（Editions P. Picquier, Arles），2005年1月27日。

43. 杨牧（Yang Mu）著,《杨牧诗选》(*Quelqu'un m'interroge à propos de la vérité et de la justice*)
Angel Pino（安必诺）、Isabelle Rabut（何碧玉）合译,
巴黎：友丰书店（Librairie You-Feng, Paris），2005年1月3日。

44. 于坚（Yu Jian）著,《0档案》(*Dossier 0*)
Li Jinjia（音译：李金佳）、Sébastian Veg（魏简）合译,
巴黎：中国蓝出版社（Editions Bleu de Chine, Paris），2005年5月4日。

45. 袁枚（Yuan Mei）著,《随园诗》(*Divers plaisirs à la villa Sui: poèmes*)
Hervé Collet（埃尔韦·科莱）译,
米勒蒙：芒达伦出版社（Editions Moundarren, Millemont），2005年12月20日。

46. 张安格（音译：Zhang Ange）著,《红土、黄河：文化大革命的故事》(*Terre rouge, fleuve jaune: un récit de la Révolution culturelle*)
Pierre Bonhomme（皮埃尔·博诺姆）译,
巴黎：曲线出版社（Maison d'Edition Circonflexe, Paris），2005

年 8 月 22 日。

（二）专著或论著

1. 阿城（A Cheng）著，《闲话闲说：中国世俗与中国小说》（演讲稿）（*Le roman et la vie: sur les coutumes séculières chinoises*）

Nöel Dutrait（诺埃尔·杜特莱）译，

拉杜尔戴格：黎明出版社（Editions de l'Aube, La Tour-d'Aigues），2005 年 1 月 14 日。

二 2001—2005 年度中国文学研究博士学位论文索引

2001 年

1. 伊莎贝拉·法拉奇（Isabella Falaschi）:《悲剧：元代戏剧中的中国悲剧问题（1279—1368）》（*Beiju: la Question de la tragédie chinoise dans le théâtre des Yuan, '1279–1368'*），国家东方语言文化学院博士学位论文（INALCO, Institut National des langues et civilisations orientales, 2001），导师：班文干（Jacques Pimpaneau）。
2. 西－沃克·帕克（Se-Wok Park）:《敦煌手稿中的赋》（*Les FU dans les manuscrits de Dunhuang*），高等研究实践学校博士学位论文（l'Ecole Pratique des Hautes Etudes, 2001），导师：弗朗索瓦·马尔丹（François Martin）。
3. 邵宝庆（Shao Baoqing）:《现代中国小说语言的诞生》（*La Naissance du langage romanesque chinois moderne*），国家东方语言文化学院博士学位论文（INALCO, Institut National des langues et civilisations orientales, 2001），导师：何碧玉（Isabelle Rabut）。

2002 年

1. 廖军培（音译，Liao Jun-Pei）:《1895—1995 年法国文学中的中文世界》（*l'Univers chinois dans la littérature française de 1895–1995*），巴黎第十二大学博士学位论文（Université Paris 12, 2002），导师：安德列·洛朗（André Lorant）。

2. 文奇（音译，Wen Qi）:《洛特雷阿蒙与鲁迅：疯癫文学中的现代性》（*Lautréamont et Luxun: la modernité de la littérature de la folie*），巴黎第四大学博士学位论文（Université Paris 4, 2002），导师：皮埃尔·布吕奈尔（Pierre Brunel）。

2003 年

1. 李香菱（音译，Lee Hsiang-Ling）:《从台北复兴国家戏剧艺术学院到当代戏剧研究：高行健的〈八月雪〉》（*De l'Académie nationale Fu-Shing des arts dramatiques à Taipei, à la recherche du théâtre contemporain: «La Neige en Août» de Gao Xing-Jian*），巴黎第八大学博士学位论文（Université Paris 8, 2003），导师：让 - 马利·普拉蒂耶（Jean-Marie Pradier）。
2. 弗朗索瓦丝·罗班（Françoise Robin）:《1950 年后西藏藏族表达的虚构叙事文学：古代文本渊源，主要流派和在当代西藏社会中的功能》（*La Littérature de fictiond'expression tibétaine au Tibet（R. P. C.）depuis 1950: sources textuelles anciennes, courants principaux et fonctions dans la société contemporaine tibétaine*），国家东方语言文化学院博士学位论文（INALCO, 2003），导师：西塞·斯托达尔（Heather Stoddard）。

2004 年

1. 魏简（Sebastian Veg）:《权力和政治变化的中国虚构叙事作品：卡夫卡、布莱希特、谢阁兰、鲁迅、老舍》（*Fictions chinoises du pouvoir et du changement politique: Kafka, Brecht, Segalen, Lu Xun, Lao She*），艾克斯·马赛第一大学博士学位论文（Université Aix Marseille 1, 2004），导师：弗里当·里奈尔（Fridrun Rinner）。
2. 张弛（Zhang Chi）:《萨特在中国的接受》（*La Réception de Sartre*

en Chine'1939–1989'），巴黎第三大学博士学位论文（Université Paris 3, 2004），导师：让－皮埃尔·莫莱尔（Jean-Pierre Morel）。

3. 周小山（译音，Zhou Xiaoshan）:《〈包法利夫人〉在中国的翻译、接受和影响》（*La traduction; la réception, et l'influence de 'Madame Bovary'en Chine*），巴黎第八大学博士学位论文（Université Paris 8, 2004），导师：雅克·奈夫（Jacques Neefs）和许钧（Jun Xu）。

2005年

1. 瞿松灵（音译，Chyi Songling）:《詹姆斯·乔伊斯〈尤利西斯〉的法语和中文翻译》（*Les Traductions françaises et chinoises d'Ulysses de James Joyce*），巴黎第三大学博士学位论文（Université Paris 3, 2005），导师：让·贝西埃（Jean Bessière）。
2. 黄洪（音译，Huang Hong）:《杜拉斯和亚洲，亚洲和杜拉斯：作品中亚洲的再现和作品在中国的接受之研究》（*Duras et l'Asie, l'Asie et Duras:étude des représentations de l'Asie dans l'oeuvre et de la réception de l'oeuvre en Chine*），巴黎第三大学博士学位论文（Université Paris 3, 2005），导师：米莱耶·萨科特（Mireille Sacotte）。
3. 李建英（音译，Li Jianying）:《当代中国诗人顾城：一个中国的韩波》（*Gu Cheng, un poète chinois contemporain: un Rimbaud chinois*），巴黎第四大学博士学位论文（Université Paris 4, 2005），导师：皮埃尔·布吕奈尔（Pierre Brunel）。
4. 刘美珠（音译，Liu Meizhu）:《杨绛作品中的知识分子形象》（*la figure de l'intellectuel chez Yang Jiang*），国家东方语言文化学院博士学位论文（INALCO, 2005），导师：何碧玉（Isabelle Rabut）。

三　2001—2005 年度中国文学研究期刊论文索引

2001 年

1. 安妮 · 居里安（Annie Curien）:《金丝燕：曲折的道路，深沉的声音》(«Jin Siyan, Chemins sinueux, voix profondes»),《新法兰西评论》2001 年总第 559 期（*La Nouvelle revue française*, N°559, 2001）。
2. 安妮 · 居里安（Annie Curien）:《〈马桥词典〉或“语言 – 小说”》(«*Le Dictionnaire de Maqiao* ou le roman-langue»),《新法兰西评论》2001 年总第 559 期（*La Nouvelle revue française*, N°559, 2001）。
3. 让 – 皮埃尔 · 迪耶尼（Jean-Pierre Diény）:《圣人不做梦：从庄子到米歇尔 · 茹维》(«Le Saint ne rêve pas. De Zhuangzi à Michel Jouvet»),《中国研究》2001 年总第 20 期（*Etudes chinoises*, N°20, 2001）。
4. 诺埃尔 · 杜特莱（Noël Dutrait）:《高行健：一部丰富多产的作品（一个诺贝尔奖书目）》(«Gao Xingjian: une oeuvre riche et foisonnante[Bibliographie d'un Nobel]»),《中国展望》2001 年总第 63 期（*Perspectives chinoises*, N°63, 2001）。
5. 高行健（Gao Xingjian）:《与安妮 · 居里安的谈话》(«Entretien avec Annie Curien»),《新法兰西评论》2001 年总第 556 期（*La Nouvelle revue française*, N°556, 2001）。
6. 高行健（Gao Xingjian）:《当代中国戏剧的困难》(«Les Difficultés du théâtre chinois contemporain»),《新法兰西评论》2001

年总第 559 期（*La Nouvelle revue française*, N°559, 2001）。

7. 高行健（Gao Xingjian）:《作家的声音》(«La Voix des écrivains»),《新法兰西评论》2001 年总第 559 期（*La Nouvelle revue française*, N°559, 2001）。
8. 弗朗索瓦丝·纳乌尔（Françoise Naour）:《雅克·瑟尔翻译的王小波〈黄金时代〉》(书评)(«Wang Xiaobo, *L'Age d'or,* traduit par Jacques Seurre»),《中国展望》2001 年总第 67 期（*Perspectives chinoises*, N°67, 2001）。
9. 张寅德(Zhang Yinde):《远东：后殖民理论在中国的再阐释》(«Orient-Extrême: les réinterprétations en Chine des théories postcoloniales»),《比较文学杂志》2001 年第 1 期（*Revue de Littérature comparée*, N° 297, 2001/1）。
10. 张寅德（Zhang Yinde）:《平行方式在中国和西方：问题和方法》(«Parallèle Chine-Occident: problèmes et démarches»),《比较文学杂志》2001 年第 2 期（*Revue de littérature comparée*, N°298, 2001/2）。

2002 年

1. 戴鹤白（Roger Darrobers）:《我偏爱文献形式的文学（与作家刘心武的谈话）》(«Je privilégie la littérature sous forme de document [Entretien avec l'écrivain Liu Xinwu]»)《中国展望》2002 年总第 72 期（*Perspectives chinoises*, N°72, 2002）
2. 德罗绘（Hubert Delahaye）:《对联：平行而目标相同的句子——从社会学方面看》(«Les duilian, phrases parallèles et convergentes. Quelques aspects sociologiques»),《中国研究》2002 年总第 21 期（*Etudes Chinoises*, N°21, 2002）。
3. 玛丽 – 安娜·德特雷拜克（Marie-Anne Destrebecq）:《从宋朝到如今李花在中国哲学、政治和美学中的象征》(«Le Symbolisme de la fleur de prunier dans la philosophie, la politique et l'ésthétique

chinoises des Song à nos jours»），《中国研究》2002 年总第 21 期（*Etudes chinoises*, N°21, 2002）。

4. 万桑·杜朗 – 达斯泰斯（Vincent Durand-Dastès）:《向往、取笑、惩罚：16—18 世纪白话小说中的堕落和尚》（«Désirés, raillés, corrigés, les Bonzes dévoyé dans le roman en langue vulgaire du XVIe au XVIIIe siècle»），《远东远西》2002 年总第 24 期（*Extrême-orient extrême-occident*, N°24, 2002）。
5. 诺埃尔·杜特莱（Noël Dutrait）:《〈灵魂的混沌：对高行健的批评透视〉（克沃克 – 甘·塔恩主编）》（书评）（«Kwok-Kan Tarn éd. , *Soul of Chaos, Critical perspectives on Gao Xingjian*»），《中国展望》2002 年总第 71 期（*Perspectives chinoises*, N°71, 2002）。
6. 雅克莲·埃斯特朗（Jacqueline Estran）:《梁实秋和〈新月〉杂志》（«Liang Shiqiu et la revue *Xinyue*»），《中国研究》2002 年总第 21 期（*Etudes chinoises*, N°21, 2002）。
7. 金丝燕（Jin Siyan）:《当今中国的女性文学》（«La Littérature féminine dans la Chine d'aujourd'hui»），《中国展望》2002 年总第 74 期（*Perspectives chinoises*, N°74, 2002）。
8. 金丝燕（Jin Siyan）:《诺埃尔·杜特莱的〈当代中国文学爱好者使用的简明指南〉》（书评）（«Noël Dutrait, *Petit précis à l'usage de l'amateur de literature chinoise contemporaine*»），《中国展望》2002 年总第 72 期（*Perspectives chinoises*, N°72, 2002）。
9. 安娜·凯朗 – 斯特方（Anne Kerlan-Stephens）:《从形象到行动：中国文人文化中的绘画描写》（«De l'image ὰ l'action: les descriptions de peintures dans la culture lettr é e chinoise»），《中国研究》2002 年总第 21 期（*Etudes Chinoises*, N°21, 2002）。
10. 米里埃姆·克里热（Myriam Kryger）:《梁秉钧〈"岛屿与大陆"和其他中篇〉》（书评）（«Leung Ping-kwan, *Iles et continents et autres nouvelles*»），《中国展望》2002 年总第 72 期（*Perspectives chinoises*, N°72, 2002）。

11. 张寅德（Zhang Yinde）:《写出异质的东西:〈马桥词典〉和 20 世纪 90 年代的中国小说》（«Ecrire l'hétérogène. *Maqiao cidian* et le roman chinois des années 1990»），《中国研究》2002 年总第 21 期（*Etudes Chinoises*, N°21, 2002）。

2003 年

1. 诺埃尔・杜特莱（Noël Dutrait）:《一种中国表达方式歌剧的诞生：高行健的〈八月雪〉》（«La Naissance d'un opéra d'expression chinoise[*La Neige en août* de Gao Xingjian]»），《中国展望》2003 年总第 75 期（*Perspectives chinoises*, N°75, 2003）。
2. 谢和耐（Jacques Gernet）:《话语逻辑与组合逻辑》（«Logique discursive et logique combinatoire»），《中国研究》2003 年总第 22 期（*Etudes Chinoises*, N°22, 2003）。
3. 马向（Sandrine Marchand）:《梁秉钧（也斯）的〈和一个苦瓜旅行，诗选（1973—1998）〉》（书评）（«Leung Ping-kwan[Ye Si], *Travelling with a Bitter Melon, Selected Poems [1973–1998]*»），《中国展望》2003 年总第 75 期（*Perspectives chinoises*, N°75, 2003）。
4. 弗朗索瓦・马尔丹（François Martin）:《中国古代文选：从产生到铺开》（«Les anthologies dans la Chine antique et médiévale: de la genèse au deployment»），《远东远西》2003 年总第 25 期（*Extrême-Orient Extrême-Occident*, N°25, 2003）。
5. 雷米・马蒂厄（Rémi Mathieu）:《 理查德・E. 斯特拉斯贝格（Richard E. Strassberg）的〈一部中国动物寓言集："山海经"里的怪物〉》（书评）（«A Chinese Bestiary. *Strange Creatures from the "Guideways through Mountains and Seas"* »），《亚洲艺术》2003 年总第 58 册（*Arts asiatiques*, Tome 58, 2003）。
6. 玛丽亚・希亚拉・米格利奥尔（Maria Chiara Migliore）:《在传统与变革之间的选文：日本的中文诗集（8—9 世纪）》（«L'anthologie entre tradition et transformation: les recueils de poèmes en

chinois au Japon [VIIIe–IXe siècle]»），《远东远西》2003 年总第 25 期（*Extrême-Orient Extrême-Occident*, N°25, 2003）。

7. 菲利普·波斯泰尔（Philippe Postel）:《流放的心声或现代哀歌的起源：屈原的〈离骚〉、奥维德的〈哀怨集〉》（«La voix de l'exil ou la naissance de l'élégie moderne. *Le Lisao* de Qu Yuan, *les Tristes* d'Ovide»），《比较文学杂志》2003 年第 4 期（*Revue de littérature comparée*, N°308, 2003/4）。
8. 米拉娜·M. 斯泽托（Mirana M. Szeto）:《〈红色不是唯一的颜色：当代中国关于妇女之间爱和性的小说〉，帕特里西雅·西贝尔主编》（书评）（«Patricia Sieber éd. , *Red Is Not The Only Color: Contemporary Chinese Fiction on Love and Sex between Women*»），《中国展望》2003 年总第 76 期（*Perspectives chinoises*, N°76, 2003）。
9. 魏简（Sebastien Veg）:《大卫·波拉德的〈鲁迅的真实故事〉》（书评）（«David Pollard, *The True Story of Lu Xun*»），《中国展望》2003 年总第 80 期（*Perspectives chinoises*, N°80, 2003）。
10. 尼古拉·祖费雷（Nicolas Zufferey）:《香港的光和翻译的雾：关于两部当代中国小说的法语版本》（«Les Lumières de Hong Kong et les brumes de la traduction[A propos des éditions françaises de deux romans chinios contemporains]»），《中国展望》2003 年总第 75 期（*Perspectives chinoises*, N°75, 2003）。

2004 年

1. 艾乐桐（Viviane Alleton）:《翻译与书写文本的中国概念》（«Traduction et conceptions chinoises du texte écrit»），《中国研究》2004 年总第 23 期（*Etudes Chinoises*, N°23, 2004）。
2. 费扬（Stéphane Feuillas）:《对比思考——张载（1020—1078）〈正蒙〉中对佛教的批评与话语策略》（«Penser par contraste. Critique du bouddhisme et stratégies discursives dans *le Zhengmeng* de Zhang Zai

（1020–1078）»），《远东远西》2004 年总第 26 期（*Extrême-Orient Extrême-Occident*, N°26, 2004）。

3. 葛浩南（Romain Graziani）：《动物之争：关于〈庄子〉中动物寓言的思考》（«Combats d'animaux. Réflexions sur le bestiaire du *Zhuangzi*»），《远东远西》2004 年总第 26 期（*Extrême-Orient Extrême-Occident*, N°26, 2004）。
4. 金丝燕（Jin Siyan）：《当代文学中的主观写作》（«L'Ecriture subjective dans la littérature contemporaine»），《中国展望》2004 年总第 83 期（*Perspectives chinoises*, N°83, 2004）。
5. 蓝碁（Rainier Lanselle）：《作为"忤奴"的他者：具有包含 / 排除功能的闭锁批评系统》（«L'autre comme "imbécile". Le système clos de la critique comme opération d'inclusion/exclusion»），《远东远西》2004 年总第 26 期（*Extrême-Orient Extrême-Occident*, N°26, 2004）。
6. 华蕾立（Valérie Lavoix）：《刘勰的怊怅——由〈文心雕龙 · 知音〉篇论文学批评家的姿态与职责》（«Le désenchantement de Liu Xie. Postures et devoirs du critique littéraire selon le chapitre: *"Du connaisseur" du Wenxin diaolong*»），《远东远西》2004 年总第 26 期（*Extrême-Orient Extrême-Occident*, N°26, 2004）。
7. 让 · 勒维（Jean Levi）：《让 · 弗朗索瓦 · 比勒泰尔的〈关于庄子的课程和研究〉》（阅读笔记）（«*Les Leçons sur Tchouang-tseu et les Etudes sur Tchouang-tseu* de Jean-François Billeter»），《中国研究》2004 年总第 23 期（*Etudes chinoises*, N°23, 2004）。
8. 弗朗索瓦 · 马尔丹（François Martin）：《判断人，判断作品》（«Juger l'homme, juger l'oeuvre»），《远东远西》2004 年总第 26 期（*Extrême-Orient Extrême-Occident*, N°26, 2004）。
9. 贝蕾尼丝 · 雷诺（Bérénice Reynaud）：《克莱尔 · 秀臣 · 沈（音译）的〈墨水和屏幕：寻找中国的电影风格学，侯孝贤和张艺谋〉》（书评）（«Claire Shen Hsiu-chen, *L'Encre et l'Ecran, A la recherche de la stylistique cinématographique chinoise, Hou*

Hsiao-hsien et Zhang Yimou»），《中国展望》2004 年总第 84 期（*Perspectives chinoises*, N°84, 2004）。

10. 魏简（Sebastien Veg）:《张寅德的〈20 世纪中国小说世界：现代性和身份认同〉》（书评）（«Zhang Yinde, *Le Monde romanesque chinois au Xxe siècle, Modernités et identités*»），《中国展望》2004 年总第 84 期（*Perspectives chinoises*, N°84, 2004）。

2005 年

1. 奥尔娜·阿尔莫日（Orna Almogi）:《分析藏文标题：走向一种以文类为基础的藏文文学分类》（«Analysing Tibetan Titles:Towards a Genre-based Classification of Tibetan Literature»），《远东丛刊》2005 年总第 15 期（*Cahiers d'Extrême-Asie*, Vol. 15, 2005）。
2. 帕特里西雅·巴托（Patricia Batto）:《贾樟柯的世界：同〈小武〉和〈世界〉的导演谈话》（«Le Monde de Jia Zhangke. Un Entretien avec le réalisateur de *Xiao Wu et Shijie*»），《中国展望》2005 年总第 89 期（*Perspectives chinoises*, N°89, 2005）。
3. 毕莱莉（Marie Bizais）:《刘勰〈文心雕龙〉中具有意义的形式》（«Formes signifiantes dans le *Wenxin diaolong* de Liu Xie»），《中国研究》2005 年总第 24 期（*Etudes Chinoises*, N°24, 2005）。
4. 罗逸东（Béatrice L'Haridon）:《扬雄的〈法言〉和儒家关于历史的提问》（«*Le Fayan* de Yang Xiong et le questionnement confucéen de l'Histoire»），《中国研究》2005 年总第 24 期（*Etudes Chinoises*, N°24, 2005）。
5. 昂居斯·W. K. 兰（Angus W. K. Lam）:《保尔·J. A. 克拉克的〈重新创造中国：一代新人和他们的电影〉》（«Paul J. A. Clark, *Reinventing China. A Generation and Its Films*»）（书评），《中国展望》2005 年总第 92 期（*Perspectives chinoises*, N°92, 2005）。
6. 何碧玉（Isabelle Rabut）:《鲁迅的〈彷徨〉》（书评）（《Lu Xun,

Errances》),《中国展望》2005 年总第 90 期（*Perspectives chinoises*, N°90, 2005）。

7. 魏简（Sebastian Veg）:《叙事虚构作品与民主：对鲁迅和老舍的新解读》(«Fiction et démocratie: nouvelles lectures de Lu Xun et de Lao She»),《中国研究》2005 年总第 24 期（*Etudes Chinoises*, N°24, 2005）。

四　2001—2005年度中国文学研究重要论文译文或摘译

2004年

1. 翻译与书写文本的中国概念（全文）

艾乐桐[*]（Viviane Alleton）

通过“书写文本的中国概念”，我想得到的不是文本的内容，而是在一定时间内它被社会所接受的形式，尽可能找出它之所以是“文本”的表现。

像何莫邪[①]提出的那样，如果我们设想“前佛教”中国文学具有彻底的独创性，也就是说汉语是特定单独的，那就应该将这个时代的文本作为仅有的特别中国式的东西抽离出来。为了研究国外因素对文本的影响，我因而应该把我对书写文本的描述严格限制在这个理想的本土化的时期，也要划定它受佛经翻译影响的末期。这样的方法意味着：我要能够达到早先那个必须是理想的本土化的时期。但我放弃了那种坚持只考察一个时代、一种文类的谨慎而选择采取更为普遍的方式。我觉得最好是找出这样那样时代本身的状况，以便思考翻译在中国影响的历史，它的连续和断裂。

在提醒自己不要忘记影响的概念意味着先决性差异的同时，我也会注意中国人对各类文本形成的描述与翻译的源文化所做描述之间的相对

---

*　艾乐桐（Viviane Alleton），法国高等社会科学学院研究主任。

①　何莫邪（Christoph Harbsmeier，世界著名汉学家，德国人，1946年出生于德国哥根廷，现居挪威奥斯陆。——译者），in Lackner *et al.*（2001），第398—409页，他对修辞进行了清点，诸如“作者对自己作品的介入”之类的说法，所以他自认为已经识破了中国古典文本中作者的缺席。

相似性。我要考察是否有过共同的不变因素。

我将简短地提及存在于中国社会的书写文本的情况，然后以较长的篇幅分析翻译史中的重大时期、中国人关于译者和翻译的描述以及翻译对文本概念的影响范围，最后阐述翻译对文学类型及语言学应用的影响。

I. 中国社会中的书写文本

书写的角色

书面材料在中华文明中的突出地位是被广泛承认的，应该在不同层次上检查口头表达和书写文本之间的相互作用来确切评估这个问题。此外，经典文本所扮演的中心角色使我们必须探究“书面语言”这个词语在中国涵盖的意义，更广泛地探究文本的权威概念。当然，科举中书面考试的重要性、文本的物质保存所引起的注意[①]，以及书法的社会作用[②]，都证实着书写的举足轻重。从中国历史的源头开始，中央集权国家的体制就倾向于保有对文字类型和文本经典化的垄断。与之形成对比的是，在辩论和法庭起决定作用的地中海世界，好像是口头语言的地盘。这一对比在欧洲是三个世纪以来的老生常谈。然而在中国，口头语言和书面材料互相交错的程度与在其他文明中差不多。

最早得到承认的经典文本是话语和诗歌的集子《书经》和《诗经》。此外，正如弗朗索瓦·马尔丹[③]在叙述《左传》时指出的，《诗经》中的诗歌在已经出现书面版本的时代仍然被用来言谈和歌唱，主要是用在具有政治目的的辩论中，意在让辩论主角以及他们委托人的个性发挥作用。还有，表现中国思想的主要作品都会假托为某个大师的言论。因此，《论语》抑扬顿挫的表达被冠之以“子曰”。在这一点上，我们不能断定译自梵文的佛家经典是经过革新的：在诸如“如是我闻”这样的表达旁我们

① 有人说，中国人把用旧的纸张付之一炬这一已被证实了的中国人应该受到尊重的举动，被我们援引过来论证早已预设好的小炉灶存在的依据。梁其资（Angela Qi-Che Leung，1994）指出，这一用法只是儒学神圣化的结果，而儒学的神圣化旨在服务于帝国最后一个时期小官员阶级的利益。

② 白谦慎（Bai Qianshen，1955 年生于天津，祖籍福建安溪。美国波士顿大学艺术史系中国艺术史教授。——译者）（1999）。

③ 弗朗索瓦·马尔丹（François Martain）（1997）和（2003）。

常常遇到“佛说”这样的措辞。

程艾蓝指出，经典文集的写作形式只是在几个世纪“圣化”的过程中逐渐实现的[①]：先是孔子弟子对他言论的摘录，然后有了一个大量评论的校勘集成。因而：

> 中国智慧的传统从始至终被一种观念贯穿，即“圣性”不能通过某种媒介传播和传递，尤其是书写媒介，而通过注视、手势和话语建立的直接接触却可以实现它的传播和传递。这就说明了注释和解释学派为何在首先考虑口头传授模式时提出他们传统的可靠性。从一开始话语就被认为比书面文本更能保证真实性。（第 141 页）

关于佛教的禅，伯兰特·佛尔[②]指出：佛教文化在融入中国之初被看成是属于一种书写传统的，而“禅”的反拨则主要在于给予说话突出的地位。这好像就是禅宗这一支派的特征，并且也是最为人们所熟知的。然而，伯兰特·佛尔指出，禅师的活动是一场在表现其特色的口语形式和书面表达之间的微妙游戏，一切都倾向于表达启迪。

很可能，翻译对文本的中国概念所产生的影响要随它们在口语中同化的程度而变化，佛教正是这种情形：由于教育与讲道的重要作用，它的影响不小。但到了现代，对大多数欧洲语言的翻译而言情形已经不同了。有些外国作家尽管是著名的，但不是大师级的，就无法保证能得到口头传播。值得注意的是，在中国得到最高评价的外国作家之一是莎士比亚，他通过自己剧本的表演者来讲话。人们愿意在他的名字前加上“经典”的称号。

书面语在中国所具有的影响并非源于它得到承认的较口语而言具有的优越性，因而人们可以假定它的突出地位归因于这样一个事实：长期以来它是保留给中国思想的基础文本使用的，或者与此相关；同样，它也保留给政府职能工具使用。我们将看到，在公元最初几个世纪，佛教

---

① 程艾蓝（Anne Cheng，程抱一之女，任教于法国国立东方语言学院，中国文化史教授，法国大学科学院高级院士，并入选法兰西学士院。——译者）（1997 b），第 139—155 页。

② 伯兰特·佛尔［Bernard Faure，法国著名佛教学者（现移居美国）。——译者］（1997）。

宣教的影响使文字领域的这种限制崩塌。

标准文本和重要专论

同伊斯兰世界一样，中华文明中的重要参考文本是建立在那种至今仍是这一文明固有语言的语言之中的。在中国，经典学说文献的最古老文本是用汉语写的，直到汉末它们主要通过评论家的大量劳动才建立起来，这些评论家都是中国人。至于伊斯兰文化，阿拉伯语一直被看作与《古兰经》共存的——以至于这一宗教原则上禁止翻译[①]。回历第一世纪以后把重要科学和哲学文本从希腊语翻译成阿拉伯语的重要工程，是被看作外在于宗教的。

在基督教世界，圣书是通过译本被接受的，主要是译自希伯来文，而《新约》则是通过希腊文翻译的。公元最初几个世纪佛教被引入中国伴随着一个新的经典文本的集成，它们翻译自一种外国语——梵语，直接翻译或者通过某些中亚语言的中介。除了在中国人生活和宗教思想中的地位外，佛教经典从未获得过与儒学文集同等的地位，尽管事实上它们也像儒学文集一样被叫作“经”（原意是布匹的纹路，形容有普世价值的文本）。即使某些时期佛经在社会上占优势地位，它们也不可能获得与儒家经典同等的地位，而儒家经典的地位是由于它们在领会汉语时的基本作用而获得的。因此，翻译文本并不构成用来教授阅读和写作的教育材料[②]，这些材料往往是由儒家经典或在这些经典的基础上形成的典籍组成的[③]。换句话说，佛教经典只具有中国经典的某些特点：那是涉及人与世界关系的整体或者提供行为的总体规范，但这些并不构成中国身份。

另外，中国拥有一系列在各自领域堪称权威的专著，至今仍被视为最主要的参考工具书。其中，我们可以列举出来的有：词典学方面

---

① 尽管有这项禁令，《古兰经》还是在很久之前就已经被翻译了。第一个中文译本一直可以追溯到19世纪初。1930年出版了第一个全译本。现在可供人们使用的译本有十几个。

② 程艾蓝：《古典作品的读者在中国皇权时期的变化》，in Christian Jacob（2003），第207—220页。

③ 这种传统的教育经典包括《三字经》《千字文》《百家姓》，它们在毛泽东时代被摒弃，直到20世纪80年代末才又重新出版发行，它们一般是给孩子们准备的，所以常常是插图本，但是孩子们已经不需要像以前的启蒙教育阶段那样把它们死记硬背，一遍又一遍地重复（Nguyen, 1995）。

的《说文解字》（100—121），关于数学步骤的[①]《九章算术》（汉代），文学方面的《文心雕龙》（6世纪初），关于农业和食品制作的《齐民要术》（约536），建筑学方面的《营造法式》（1103）。这些领域中可能还有其他重要著作，只是名气不能与上述著作媲美。这些伟大的专著好像没有一本清晰地显示出国外的影响。虽然上述最后三本著作是在开始翻译佛教经典之后出现的，但是像儒家经典一样，它们仍然是纯粹的中国著作。

一个极特殊的情况是专著《切韵》（601），这本书见证了音韵学兴趣产生于与梵语的接触，却是被它的作者作为一帮中国文人思考各地区音韵混杂性以及作者本人纠正愿望的结果提出来的[②]。至于《文心雕龙》的作者刘勰，他是一个世俗的佛教徒，他撰写的著作中包括一本关于佛教法规和专论的带有前言的总目录[③]。刘勰的那本著作（指《文心雕龙》）提出了中国文学的类型学并且意图阐明经典范本的优秀性，只是微弱地显现出外国的影响[④]。

Ⅱ. 翻译

翻译只是存在于汉语与外国语之间：在多语并存的大陆占主要地位的、被我们不恰当地称为“方言”的中国各不同语言[⑤]间从来就不存在翻译。今天，只有“共同语言”[⑥]被合法地书写着。这种“垄断”不应归因于书写符号系统，因为它能够很好地记录“方言”；垄断要归因于国家规定，因为它以一种持续的方式强制使用单一的书写语言。当然，在

---

① Chemla（卡莉娜·尚拉）et Guo（音郭书春）（2004）。

② 参见 la traduction de la préface in Ramsay，第116—117页。

③ 参见 华蕾立（Valérie Lavoix）（2000），N. 2，第197—198页和第206—208页。

④ 我只是指出直接关于般若问题的第十八篇《论说》中出自梵文的一个词而已。这一点要感谢华蕾立。

⑤ “Langues sinitiques”是现在被语言学家们用来指称人们所谓的“家乡话”［粤（广州话）、吴、客家、闽、湘］的一个术语。他们在这些语言的地方用法中保存了“方言”这一专门用语。例如上海方言“吴语”，香港或广东的方言“粤语”。另外，在中国，很多非汉语的语言也被人们使用着。如今人们称这些语言为“少数民族语言”。

⑥ 为了指称这种共同语言，外国人一般使用一个较古老的词语“mandarin”，中国大陆大家一致认可“普通话”这一术语，而在中国的台湾地区则是“国语”一词。

整个历史发展进程中，当官员们在他们被委任的地区不能讲汉语的分支（方言。——译者）时，他们会在当地雇员中寻找帮手协助与那些未在标准系统（口头和书面的）中受过教育的民众沟通。然而，这不是翻译，既然整个书写流程都是用官方语言进行的。这种情形与中世纪早期时的欧洲没有太大的差别[①]。而在中国，共同语言现在仍然是这种情形。

为国家服务的口译者和笔译者

当我们考察中国口译者和笔译者各自的作用时，我们会震惊于后者的社会边缘状态。笔译者熟练地掌握两种语言，并且有能力准确地转达一篇作品的意思。如果这位笔译者是一位大翻译家的话，他还能够找到方法用自己的语言产生与原作相等的效果。口译者的艺术就不同了：他的节拍不同并且制作的不是书面文本。

二者并非一定有截然分明的称谓。“译”这个中国词出现在《礼记》[②]，它可能源于“易”，如格言中所说“译者言之易也”（“翻译意指改变”，用文学语言讲则是“人们称之为翻译的，就是改变用词”[③]）。“翻”这个字（以及复合的“翻译”这个词）的使用要晚些，它先出现在佛教文本中，此后在《隋书》和《旧唐书》中出现。在古汉语里，“interprète”（译者）被称为“舌人”，照字面意义就是“用舌头的人”，即只是一种工具而已[④]。今天，“翻译”同时指笔译者和口译者以

---

① 欧洲各通俗语言之间的翻译开始于查理大帝（Charlemagne）孙子辈之间的《斯特拉斯堡誓言》。这一誓言被看作第一篇“欧洲”双语材料。参见勒内·巴里巴尔（Renée Balibar）（1985），第19—39页。

② 《礼记》第三章《王制》第三篇。在库弗雷尔的译文《关于礼仪和礼节的记忆》卷I–1，第295—296页。“汉人，戎人，夷人每一个民族都有自己不可能改变的独特性格。[……]所有的民族都有不同的语言、爱好和愿望，他们通过官员这一媒介互相传递各自的感情和思想，这种官员的称谓在东部为使者，在南方为仿技演员，在西部为告密者，在北方为翻译家”。

③ 毕鹗（Wolfgang Behr，德国金文和音韵学的专家。——译者）（2004），第195—197页，在评论中重新使用这一用语并指出这两个词（“翻”和“译”）之间很可能存在真正的词源关系。

④ 这样的词汇含混并不是中国特有的。拉丁语族也只有一个单一的词“interpres”来表示书面语或者口语。在很长一段时间内，法语除了来自阿拉伯语的“tradjouman”（译员）——并且它本身也是来自闪语“ragamou”（讲，说）——一词被用来指代先前很古老时期或者至少是古老到可考的那段时期的“口译”外，也没有其他词语有此种功能了。法语词traducteur只是到了文艺复兴时期才有了我们现在熟知的意思（1840年动词“翻译”，1540年名词“书面翻译者”）。

及他们各自的活动。这些可以以指称“la traduction”的“笔译”和指称“l'interprétation”的口译来加以区分。

帝国建立以前

看起来应该是，自史前时期以来，中国的中原地区一直是一个语言的交汇处——这还不是最原初的情形①。最早的关于操不同语言的人们之间有语言交流的证据是关于中央权力机构和周边百姓之间的政治关系或行政关系的。在西周（一个由各“诸侯国和臣服其下的人民”②所组成的大盟国的主宰）的统治之下（前1046—前771），翻译（口译）是一项被制度化了的活动：根据《周礼》，担任这项职务的人主要是“行人”（即“旅行特使”）③，他们是属于整个官僚体系的。这些口译者，虽然他们以来自统治者办公室的书面文件为基础，但他们不制作译本，周边附近地区人民的语言未被写下来，至少没有被写下的痕迹。

在君主控制下的“中域”使用一种古老形式的汉语，它被使用不同语言或方言的地区包围着：半独立的诸侯国、被“蛮族”统治的地区、异国。随着这些地区渐渐整合为后来的中国，中央政权规定中域语言为公共交流的语言模式，这期间，周边地区的人们仍然使用地方语言。这种语言使用的多样性并没有被忽视：第一部系统清理“地方话”即“方言”的辞书是在后汉（应为西汉。——译者）扬雄的带领下编辑出来的。

自汉至清

中国在中亚的扩张开始于公元前1世纪。从那个时候起（这甚至与佛教的渗透无关，那个问题将在后面谈及），中国与那些不讲汉语但往往很重要的王国和公国存在着接触。整个帝国期间（即中国的皇帝统治时期：从秦始皇至清末。——译者），中国和大陆上邻居们的关系一直非常

① 参见阿克塞尔·许斯勒（Axel Schuessler）（2003）。在给牵涉同一语族的几种语言做过语言分析之后，这位作者总结道：如果“越南北部和中国南部的中间地带很可能存在一个语言交叉口，在那里，语言被分割为同一语族的几种语言[……]，那么这表明，史前期的中国中原地区曾经是一个类似以上情况的交叉口”（第62页）。这些地带很可能是按照自旧石器时代以来多种族版图的样子组成了今日中国。

② 陆威仪（Mark Edward Lewis，英国剑桥大学东方系汉学家。——译者）（1994），第29—39页。

③ 毕鹗（2004），第186页。

密切：贸易、战争、相互征服。这就迫使中国的行政部门拥有一个翻译者队伍[①]。许理和注意到在前汉（即西汉。——译者）文学里有二百来个外来词的注音，人们在其中认出了几种外语的文字（印度的、伊朗的），而 6 世纪以后，像粟特语这样的当地语言曾被书写下来[②]。然而，尽管关系密切[③]，却没有什么能证明有（外语的）文本被翻译成汉语。

那时翻译工作大多数是从汉语翻译成其他语言，最初是由从帝国周边地区征集到的双语人才来担当的。从隋朝开始，有了培养译员的教育，这一事业在元代得到发展，在明代初期取得了重要地位。显然，这尤其针对“口译”。一本在 15 世纪末由 1407 年成为“司译馆”的机构编纂的词汇表证实了这点[④]：在这个词汇表中，外国词汇以每种语言原文文字的形式展示，但却没有被翻译而只是用同样发音的汉字加以注音。司译馆是被当作一个学术机构建立的，教授十来种亚洲语言，是一个真正的翻译部门。这一机构勉勉强强维持到 1862 年“通文馆”（应为“同文馆”。——译者）的建立。“同文馆”是官方第一次正式将欧洲语言纳入其中并在工作方向上既重视口译也重视笔译。

其人民有着自己的语言和字母文字的异族王朝曾长期统治中国这件事好像并没有导致一定数量的中文译本的出现。

元朝，即 13—14 世纪时，官方语言是入侵者的语言——蒙古语。在这期间，只有极少蒙古语的书面文本。忽必烈委托一个西藏喇嘛制定一种可以记录他治下各民族语言的文字：其结果是八思巴文（hP’ags-pa），它虽然从技术角度讲是非常了不起的，但是却没有取得任何成功。最后，元代的文字仍然沿用了汉字。为了行政需要起草的文本故意以一种很不

---

① 许理和［Erik Zürcher, 1928—2008 年，荷兰著名汉学家，主要研究中国佛教史，莱顿（Layden）大学教授。——译者］（1972），第 40 页，在前汉，至少在 23 个郡里已经存在译长了。

② sogdien 是一种字母语言，与叙利亚语和阿拉伯语相近。语言的这些情况在中国被又一次证实，参见罗伯特·拉姆塞（Robert Ramsey，美国马里兰大学教授。——译者）（1987），第 191—194 页（维吾尔语）、第 207—212 页（蒙古语）、第 217—227 页（满语）和第 248 页（藏语）。

③ 魏义天（Etienne de la Vaissière，法国高等实验学院教授。——译者）（2002）；La Vaissière et Roboud（2003），第 127—128 页。

④ 多纳泰拉·基达（Donatella Guida，意大利东方研究大学研究院。——译者）（1992），第 81—84 页。

注意修饰的文体写成，更接近蒙古语和其他外语而与文言文较少相似。特别是这种简化的文体并不强要文人分享，这种分享本来是统治者不希望有的[①]。当时的翻译工作充其量也就是从1315年开始着手把朝廷抄写人员用蒙古语记录的笔记翻译成汉文，目的是将来元史的编写[②]。虽然确切地说几乎不存在翻译，但是元朝的语言政策还是对中国本土方言的发展做出了贡献。

统治中国时间最长的外族王朝是满族建立的（1644—1911）。统治者强令成立双语中央政府。这期间，因为大部分的中国官员对学习满语存在抵触情绪，并且所有送达低级官员的材料都是汉文的，人们便遵循一个单边游戏规则：大多数的翻译只是从汉文翻译到满语。儒家的经典著作和中国重要的文学作品被翻译成了满语[③]。

佛经的传播

原著为梵文的佛教正典中文译本的出现，是中国最伟大的文化事件之一。译本的内容是有关宗教的，因为翻译人员的目的是宗教性的。这期间的经费数量很可能是极其可观的，这笔费用由国家当局甚至是周边的地方政权来承担。

尽管与印度毗邻，两国的贸易往来可以追溯到公元前3世纪，梵文在中国却一直受到忽视。佛家经典巨幅全集的传播经历了较长的时期，从1世纪到9世纪，经历过两个巨大的高峰期，一个是从1世纪到6世纪，另一个是唐朝时，从7世纪到9世纪。这不仅包括正统的佛教经书"佛经"，还包括一整套教学和普及机构。佛经本身，除了教义部分外，还包括各种形式有教化作用的例子：以小故事或技术指示形式出现的，尤其是关于医学和药学方面的技术，甚至有天文学的概念。因其针对所有人，所以被以一种通俗易懂的方式翻译过来，以使大家都能读懂。当时它们在各种公共场所尤其是市场被阅读。

---

① 莫里斯·罗沙比（Morris Rossabi，美国哥伦比亚大学从事元史研究的教授。——译者）（1994），第465—468页。

② 艾尔森（Thomas T. Allsen，美国人。——译者）（2001），第96—102页。

③ 欧立德（Marc C. Elliott，哈佛大学东亚系讲座教授。——译者）（2001），第216—217、292—299页。

这项翻译事业涉及很多人，主要是国外的僧侣。先是帕尔特人[①]、斯基泰人、粟特人、印度人；然后是整个中亚。此项工作常常是由懂得梵文或一种中间语言的外国人和能够正确书写自己语言的中国人合作完成的。任何一方都无法独立完成全部的工作：由一个懂两国语言的人将原著口头转换成汉语，再由一个中国人把这种口头翻译用精致的语言编写出来。这就是翻译吗？当然，这项工作进行得很认真，证据显示有过多次的核对和重读，还有从事这项集体工作的巨大车间。总之最后定稿的人是一个间接领会原著的类似编辑的人。他是否像一个真正的翻译家那样对原初文本的性质、形式和实质感觉灵敏呢？经过一个时期对基础知识的学习与掌握，他可以抓住原著的信息，大量佛教作品的集中传播也保证了他有足够的背景知识，但是把原著作为文本来欣赏对他而言是很困难的。

但是也有为数不多的真正翻译家。在引进改造阶段，以格义的方法为其显著特点，旨在于“使佛教的概念与汉语中为人熟知的尤其是道家的概念相匹配”[②]。换句话说即用通俗易懂的汉语解释梵文的术语。我们可以列举几个著名的人物，像高僧法显，曾去印度寻找佛经，他的朝圣时间（399—413）达 14 年之久，并且回来之后他翻译了很多他曾提到过的佛经。很少有作者特别论述过翻译问题：而道安（312—385）[③]好像是这些稀有译者中的一位，他把中国文化和佛教文化结合了起来。词汇问题曾经是主要论题之一，而在他的论文中仍然是这样。僧人玄奘（600—664）是一位伟大的翻译家，他热心于以一种再现原词发音形式的方式引进外来词汇，这一方法特别被那些有着仪式作用的词汇所证实。玄奘指出：词语的翻译即意译要优于注音形式的替换即音译，后者只应该用在最后的推动上。在他看来，翻译（意译）是最好的，而注音（音译）

---

① 第一位伟大的翻译家安世高（An Shigao），约公元 150 年在洛阳。他是帕提亚（安息）人（Parthes）。（帕提亚人是伊朗北部里海一带的古代游牧民族，以善于骑在马上向后射杀敌人著名。——译者）

② 程艾蓝（1997a），第 343 页。

③ 道安是一本书的作者，当我们把这本书从梵文翻译过来的时候在很多地方都作了改动甚至是删除。参见郎密榭（Michael Lackner，德国汉学家、埃尔兰根大学汉学教授。——译者）（2001），第 361—365 页。

只是在没有其他解决办法的情况下才可以接受。他确定了“五不翻”[①]，即五类不宜翻译的词。这五类词是：有隐蔽意义的、多义的、所指代的事物中国不存在的、转变为常用语的——人们至那时已经满足于注音而不再需要翻译的，或者词义很崇高或很受鄙视的。很早以前，鸠摩罗什［Kumarajiva（344—413？），402 年到达长安，不是中国人］也直接把梵文译成了中文；他开创了中国佛教的印度学家时代。对这些重要人物的提及，不应该造成错觉：真正的翻译家数量还是极少的。据高罗佩（R. Van Gulik）的说法，当时真正精通双语的人总数少于 20 人[②]。

虽然佛教融入中国社会触动了社会中的各个阶层，包括知识阶层，但知识阶层很少投身于翻译工作。可以这么说，在写作领域，只精通一种语言是中国知识分子的特征之一。无论如何，佛经的翻译具有一种促进作用。比如，以通俗语言记录禅师话语的作品因此成了在其他领域被接受的一种文学表达方式。

商业交换与科技交流

人们在中亚商道上发现了公元最初几个世纪的多种语言文本，其中包括中文。东部伊朗的粟特族商人使用的起源于阿拉米语的字母文字，在唐朝之前就已经抵达了中国[③]。尽管有这些广泛的联系，但在这之前似乎并没有翻译成中文的真正译本。

唐朝时，中国经历了一场了不起的国际化。通向北方和西方的来往通道处于开放状态，波斯语充当了从北京到塔伯利兹（Tabriz，伊朗西北部的高原都市塔伯利兹是伊朗的第二大城市，被誉为“波斯地毯之乡”，是波斯最早、最古老的地毯出产地。又译“大不里士”。——译者）的国际贸易语言。后来，整个中亚的大量人口循着蒙古人的足迹来到中国。13 世纪初开始，蒙古人渐渐地控制了中国。很长时间以来已经在南

① 周定一（当代语言学家。笔名周因梦、因梦、许令芳、尹梦华等。现任中国社会科学院语言研究所副研究员、近代汉语研究室主任，并兼任中国语言学会理事、中国训诂学研究会理事、北京市语言学会副会长等职务。——译者）（1962），第 465 页。

② 高罗佩（R. Van Gulik，荷兰汉学家。——译者）（1956 年 7 月），第 12—30 页。有人评论这个估计是有待商榷的，但是没人否认关于他们重要程度的排序是可信的。

③ 童丕（Eric Trombert，法国汉学家。——译者）（2003），第 231—233 页。

部港口城市出现的阿拉伯人则更大规模地定居在西部省和东南省。

在科技领域，印度带来的东西自从汉末佛经开始被翻译时就一直能被人们感知到。大家知道印度的很多著作，包括数学方面的、天文方面的、光学方面的和医学方面的，都被翻译成了中文。仅举一例，在眼科学领域，我们有分别用两种语言写的内容相似的专论[①]。这就是说，印度的影响不仅仅是理论方面的：它使中国产生了第一个经证实的外科学形式。

应该避免把这些时期保留下来的所有创新归因于翻译。如此而言，元朝戏剧的繁荣很可能是与当时占主流的社会状况相关的，无法进入朝廷成为一名官员的中国知识分子找到了一个适合他们的活动领域：使一种当时存在的大众化活动成为文学形式[②]。

西方知识的传播

中国第二次大规模的翻译浪潮是从 17 世纪开始的，特别是在 19 世纪中叶，其规模比佛经翻译时期更大，涉及的是远方的文明而非邻近国家。中国第一次走出了构成前几个时代显著特点的单边主义：其特点是在佛经翻译中译成中文，而在其他大多数情形中则是将中文译成他种语言。

当时首先是一些耶稣会士在做翻译。他们推出的不仅有宗教方面的著作也有科学方面的书籍，从 1582 年到 18 世纪末这段时间，他们翻译成中文的作品有 400 多部，大部分属于道德和宗教问题书籍，其中大约四分之一是对西方和对科学技术的一般性介绍。最受欢迎的是数学教科书、地理书籍及地图、宇宙学专论等。在这些耶稣会会士中，有些对所使用的书写语言掌握得很好，但是在最后编订时，还是寻求了中国文人的帮助。在这期间，我们也找不到一个中国翻译者是完全胜任工作的。即便是参加了 60 部作品翻译的著名文人、利玛窦（利玛窦系意大利传教士，原名 Matteo Ricci, 1552—1610。——译者）信徒徐光启，好像也无

① 据维贾亚·德希邦德（Vijaya Deshpande，印度浦那 Bhandarkar 东方研究所博士。——译者）（2000）的看法，佛经的这种传播首先是在 2 世纪，然后好像很突兀地又发生在 5 世纪。印度概念带来的改变在宋朝尤为重要。

② 我们已知的剧目有 1000 个；保存下来的有 167 个。

法做到。

到了19世纪，翻译的事业由新教传教士接替了过来，他们仍然采用有一个中国人参加的合作小组的方式。于是中国伟大的数学家李善兰（1818—1882）翻译了几部作品，如和伟烈亚力（Alexander Wylie）合作翻译数学著作，与艾约瑟（Joseph Edkins）合作翻译力学著作。在当时作为翻译科技手册的系统企业中心的上海江南制造局，翻译工作仍然是由精通双语的人来完成的[①]。同样在文学方面，翻译家如林纾（1852—1924）至少移译了171部作品，但他不懂任何外语：他的助手将建议用中文出版的作品内容提供给他，由他改写出来。

接下来的一代中国年轻人，或因为陪外交使团出国，或因为直接到海外学习，开始学习外语。这一现象因为有了大量的留学生派往日本而达到高峰。1906年，旅日学生约有15000人[②]。从他们回国起，对西方著作的翻译——或通过日语或从原著直接翻译——大量增加。当然，通过第三种语言来翻译是在中国以外的地方遵循的方式，但是在接下来的10年中中国绕道日语的迂回翻译所达到的丰富程度还是不可比拟的。1896—1911年间大概有1000多种作品从日语译成了中文，比新教传教士们在整个19世纪翻译过来的作品还要多[③]。这一现象被解释为：因为日语里很多的词汇来源于汉语，并且在书写上日语与汉语存在诸多相似的地方。后来，通过“中间文本”进行的翻译不再局限于只通过日语，曾有一段时间通过俄语文本进行翻译。而20世纪30年代以来，在中国的外语教育中，英语越来越占主导地位。这种利用中间语言进行翻译的做法，跟传统的小组翻译方法在一个方式上可以说是相似的：即汉语文本的编订者不直接读原著。归根结底，只有内容最重要。

同时，在19世纪的最后几十年，最早一批由中国人单独完成并直接

① 如数学家和物理学家徐寿（Xu Shou, 1818—1882）与伟大的科学普及者傅雅（John Fryer, 1829—1928）。参见孟悦（Meng Yue）（1999），第31—45页。

② 谢和耐（Jacques Gernet，1921—2018，法国汉学家，研究领域为中国社会和文化史研究。——译者）（1983），第559页。

③ 熊月之（Xiong Yuezhi，1994），第640页。很难确定这些作品中有多少是日语的原著，有多少是用日语翻译过来的西方著作。

译自欧洲语言的译本出现了。像颜永京（1839—1898）鲜为人知的译作《心灵学》，以及严复（1853—1921）著名的译作《天演论》（1898）都属于这种情况[①]。此外，中国社会对外国方式不感兴趣的倾向并不排斥一些个人在这方面的成功，即便是对一些不太为人所知的外语语种翻译而言。比如：在法语方面，傅雷（1908—1966）是20世纪40年代巴尔扎克作品的翻译家；西班牙语方面，杨绛（1911—）——她同时也是一位受尊重的作者——被认为用一种优美的汉语传达出了《堂吉诃德》原有的韵味。总体而言，在文学领域借助第三种语言进行迂回翻译的情况是最为稀少的。比如大多数法文的小说、诗歌和戏剧的中文译本就都是直接翻译过来的。

如今，中国的出版者和翻译家对外国产品有了更为广泛的认识，而有修养的读者群，他们拥有某些作品的几种版本，已经能把翻译的质量纳入他们的欣赏标准中去。已出版的有关批评论述同时显示：中文表达的质量比忠于原著更重要。（译者注：即翻译中达和雅比信更重要。）

III. 译者与译著的表现

译者在社会中的地位

在中国和欧洲，译者同样地缺少声誉。确实，在当代中国，译者的名字从来不会在书的封皮上缺席[②]——就像法国有时的做法一样。但是，译者的地位在中国好像比在西方更边缘化。随着佛经译者的出现，中国较晚时有了翻译家，即使有些翻译家也出自文人精英，且经常与文人精英来往，并享有真正的重要性，但是他们并没有构成这些精英的一部分。译者的作品很少作为“某某作品”被审读：近期大量关于翻译的著作在其历史性概论中提到翻译家的名字、分析这样那样的译本，但几乎不研究某个翻译家的全部译作。他们中那些同时也身为作家的人认为作为译者的活动是次要的。

然而在20世纪初，即二三十年代，情况可能还不是这样。我以鲁迅

---

① 顾有信（Joachim Kurtz，2003），第101页和第133页。

② 对于出现在网络上的著作，只有当译者同时是导言的作者时，它的名字才会出现。

为例[①]。鲁迅是一个多产的翻译家：在1903—1936年间，他共有208种翻译作品——其实大多数是中篇小说和短篇的文章。此外，它们受鲁迅自己的理论“必须完整地传达外国作品，包括其形式”的束缚。重要的一点是：其时他为自己的翻译殚精竭虑。以致在他的最后一场病期间，他都一直在翻译果戈理的《死魂灵》。虽然精疲力竭（他只完成了两章半），但直到生命的终结他都在发奋工作，试图准确领会这一俄国文本的实质[②]。另一个例子是《死水微澜》的作者李劫人（应为“李劼人”。——译者）、福楼拜的严肃翻译家：他曾三次修改《包法利夫人》的译本。比起他翻译的情节中所做的话语上的类似，更打动人的是一种语调，这在中国文学史中是崭新的。他对外国文本的兴趣，超越了单纯内容方面，似乎成为那个“发现”时代的特征。

如今，我们很少再见到把翻译视为一种首要活动的文学作者。当然在中国有的作家同时也是翻译家，更为常见的是作家曾经当过译者，像韩少功和高行健。后者翻译过像贝克特、阿达莫夫、尤奈斯库这样一些作家的作品，似乎是一个极端的例子。在瑞典科学院所作的诺贝尔文学奖获奖演说中（2000），高行健在叙述自己的轨迹时完全抹去了这项活动。在某一时期，翻译是强加于他的唯一可能的职业，现在他讲到它时将其作为一种令人厌烦的工作[③]。

这是中国和欧洲对比鲜明的领域之一——当然并非绝对，正如我们已经提及的杨绛的例子。在西方的某些时候，那些同时也是作家的伟大翻译家是在两个方面都得到承认的。西塞罗就是这样的情况：在写作他的专论《论神性》的期间，他同时按照卢克莱修（Lucrèce，前98—前55，罗马诗人，唯物主义者，无神论者。——译者）的方法自由地做着翻译，而在那时罗马的大部分翻译工作是交给奴隶来完成的。与此同时，拉丁作家在思考“翻译”意味着什么。卢奇亚诺·坎弗拉考虑得更广泛，

① 钱存训［Tsien Tsuen-Hsiun，1910—2015，南京金陵大学（今南京大学）文学学士，美国芝加哥大学硕士、博士。芝加哥大学东亚语言文化系荣誉教授、东亚图书馆荣誉馆长，英国李约瑟研究所研究员。——译者］（1954），第322—323页。

② 劳尼·特库尔（Ravni Thakur，印度德里大学教授。——译者）（1982）。

③ 高行健（Gao Xingjian）、德尼·布尔日瓦（Denis Bourgeois）（1997），第43页。

他追踪这样的线索："……不知疲倦的翻译工作没有间断地进行着：从赫西俄德（Hésiode，前8—前7世纪的古希腊诗人，主要作品有《神谱》《劳动与时日》。——译者）翻译他的美索不达米亚前辈杰作到把外国作家作品译成希腊文……最后达到'翻译'文学，中世纪的拉丁文学和阿拉伯文学。"[①] 在法国的古典时期作家中，我们可以以拉封丹为例，他的《寓言》即来源于对《伊索寓言》的名副其实的重写。同时代很多作家也是这样。

关于翻译的中国话语

"注音"和"翻译"之间的区别我们在讨论僧玄奘时已经提到，它被现代语言学家再次提出。他们强调指出，19世纪以来大量增加的"注音"方式不应该被采用。事实上，按照发音被选用的汉字承载着一种固有的意义，这会起到干扰作用。然而这一批评只是在新词引进的那段时间合适，一段时间以后，这个新词便被看作汉语词而融合在文本里了。外语来源词和汉语新词之间的形式联系这个问题是最让语言学家感兴趣的。

对于读者来说，一部译著的质量，关键是文体的优美。在社会科学领域，仍被认为是中国"翻译学"创始人之一的严复是"信达雅"的提出者。这个口号被当成中国译者的座右铭一再提起，是他在翻译托马斯·赫胥黎《天演论》(1898)(原文标题为*Evolution and Ethics*，直译应为《进化和伦理学》。——译者)时写的前言里提出的[②]。矛盾的是这本赢得了巨大成功且影响深远的译著，却是对原著很不忠实的。面对一个外来文本，这个文本得不到传统给予的那种保护——当然不是一种被记住的传统——译者便故意或多或少地修改原著的意向。严复有能力准确地翻译英文文本，但是他更喜欢把译自西方名著的译作当作传达自己观

---

① 卢奇亚诺·坎弗拉（Luciano Canfora，意大利学者。——译者）(2001)，第362页。人们应该着重评估阿拉伯世界的翻译工作，正是由于这些翻译，大量希腊传统文本得以留传。胡奈恩·伊本·伊沙克（Hunain ibn Ishaq，809—873，阿拉伯医学家。——译者）写了一部关于加连（Galien，131—201，希腊医生、解剖学家。——译者）作品翻译的专论。一个世纪之后，百科全书书商伊本·纳迪姆（Ibn al-Nadim，服务于巴格达的阿拔斯王朝君主。——译者）奉献出一本自己的关于希腊作家作品的阿拉伯语译著的书目《群书类述》(*Al Fihrist*)。

② 1893年5月18日的牛津表决大会。

念的工具。在《进化与伦理学》里，托马斯·赫胥黎表现的是近似于达尔文的理论：该理论区分了遵从于必然规律的生物进化和有了伦理考虑介入的社会进化。严复在正确翻译某些段落的同时，往文中嵌入了一些原文没有的论述。他是想推进进化的思想（人们曾称之为“社会达尔文主义”），按照这一思想，社会也像生物界一样，服从于强权规律。总之，他表达了与他翻译的作者本人相反的思想[①]。

严复把“雅”放到“信”之前，实际上是把一个教义性的目标放到前面，他也就没做什么革新。事实上我们拥有佛经被接受之后“雅”获得优先的证据[②]。在这一时期，对文笔的欣赏在历史、哲学甚至科学著作中起着和文学作品中同样重要的作用。对批评家而言，它也是好译作的试金石。也就是说，评估译作和品评中国作品遵循着同样的标准：在这个层面上，译作并没有引进新的因素。

中国有大量关于翻译的著作是论述这项艺术的历史[③]、教学及中外翻译理论的。对一个作者在词语、比喻和特色短语方面的选择进行检查占据了重要地位，但却牺牲了文本结构和节奏方面的分析。最有自知之明的“翻译家”承认翻译文学仍然未被看作一种文学形式[④]。

IV. 翻译对书写文本地位的影响

虽然与文本研究有关的革新是独立于翻译之外的，但语言使用和书写实践中的变化有很大一部分来源于翻译。

研究文本的学术工作

抛开双方的接触不说，建立在精确分析文本形式特征基础上的校勘艺术和对古代文本的研究，大概是中国和地中海世界共有的一项实践。在这里像在那里一样，目标一直是恢复和重建“善本”。

---

① 吴茂生（Ng Mau-sang，1981）。

② 戴密微（Paul Demiéville，1894—1979，法国著名汉学家和敦煌学家。——译者）（1956），第33页，引用了附在谢灵运（Xie Lingyun, 396—433）诗作后面的评注：“梵文作品专注于内容，中国人喜欢形式：为了赢得读者的欢心，不忽略形式很重要。”

③ 还有翻译理论的历史：参见陈富康（Chen Fukang，1992）提到一些中国当今的惯用陈述旨在说明翻译理论这一工作的着手进行中国要早于欧洲（第10—14页）。

④ 谢天振（Xie Tianzhen，1999），第174页。

在数种文明的历史中，曾经有过集中翻译的周期与批评传统的建设之间一致的时期。这样，在罗马共和国的最后十年或者说是欧洲文艺复兴时期——当时不仅拉丁语和希腊语被翻译成世俗语言，而且每一种语言都被翻译成其他多种语言——研究文本的学术工作被深刻地改变了。

在中国，这方面（与外文互译。——译者）却声息全无：明末清初，新的批评传统的建立还是一件国门之内的事情。我们已经看到，中国文人和优秀翻译家之间的距离致使语言之间的对照经验——或许就是催生批评思想的因素——没能传达到具有中国文化背景的作家那里。最初集中在孔子著作及其评论的道德原则研究上的文本研究，在18世纪随着“批评研究”即“考证学”的兴起而出现复兴。然而这个时期并不以大量中文译本的出现为特点：对于其他亚洲语言而言，毋宁说是反向的运动；对欧洲语言而言，耶稣会会士的译著在知识界当然是尽人皆知，但是却没有人论述文本研究。据本杰明·爱尔门在《从哲学到文献学》（2001）里的描述，考证学是独立于外国影响之外的。通过他们思想本身的运动发展并且由于形成了一个自主知识界，中国文人发现了把自己的音位学传统资料整合到文本分析中去的益处，当然，这个音位学是7世纪之前在梵语影响下先是靠字典后来依靠音韵表建立起来的，但是直到那时为止，这个方法对复原古代文本都没有实际作用。

语言学应用和写作实践

从公元前4世纪开始，书写文本逐渐分化成一种僵化的、越来越远离口语和方言的“贵族语言”——文言。方言随着语言学方面的变化而发展，但当它被书写的时候，仍旧满是古代的形式。沿着这一历史，翻译在方言的书写形式方面扮演了催化剂的角色。

文学史家曾经描述过文类的更新，语言学家曾经分析过汉语书写习惯的变化，特别是针对10—15世纪之间这段时期。完全有理由假设——并且这也是一个被接纳的意见——翻译在其中起了重要的作用。但翻译在语言应用上的这些影响不是立即见效的，既然最早编目的佛经译本可以追溯到汉代后期。这些影响是特别间接的。尽管可能受到外来影响，这些变化却首先产生于引进原本属于汉语的通俗形式，这些形式曾被本地文本传统当作“不规范词语”而弃用。它们在那些不是翻译家所写的作品中发展起来[①]。

中国文学形式的丰富化是渐进的，它先与佛经文本的翻译有直接或间接的联系，后来又与面向整个亚洲大开放有联系。我们很难确定在什么时刻整体上这些文本可能扮演了决定性的角色，既然这些现象是在变化完成之后才被文人话语记载下来。在长时间发展过程中重复同一主题的佛经译本，呈现了远离经典简洁形式的另一种模式。更为自由的诗歌形式出现了。被认为是说明了佛的生活场景的“变文”，打开了通向小说叙述的道路。

汉语方言史学家认为：在所谓的中世纪时期至现代时期，可以明显地剥离出一个叫作“前现代”的过渡时期，它从 1250 年到 1400 年，覆盖了整个元朝和明朝初期。就是在这个时期，“高贵”书写使用的文言与方言明显地分离，这已在通俗书写中证明了。以方言为载体存在的资料越来越多。句法领域在 14 世纪前半叶出现了最根本的变化[②]。这种对所有人来说都容易阅读的方言[③]，取得了越来越值得注意的重要性，正如 16—18 世纪叙述文学的传播所显示的那样。同一时期欧洲语言的翻译并没有发挥如此重大的效力。

在经典学说领域，宋代出现的新儒学复兴（其中包含了重要的佛学成分）在深入修改的同时重拾儒学准则，但未给儒家文本带来明显的损害。正如在最初那些时期一样，儒家经典的修改要从修正经典著作的等级顺序、从经典文本和将获得权威地位的评论之细微的重新整理出发才

---

① 许理和（Erik Zürcher）（1977）第 177—179 页，通过对 29 部作品的分析总结道：他所认为的真正翻译发生在 150—220 年的洛阳；这种“次要的”文学呈现出与标准的汉语经典著作如《后汉书》惊人的不同；这种用法是清一色的；印度原著只对极少数的扭曲变化负有责任。或参见维克多·梅维恒（Victor Mair，或译作维克多·默尔，美国宾夕法尼亚大学中国语言文学教授，著名汉学家，中国敦煌学研究专家。——译者）（1944），第 710—717 页。

② 比如，复数标记“们”的使用以及一些动物的名称和无生命物体的名称（从元朝开始），限定词“底”变为“的”，副词“就”的出现（1330 年以后），表示简单否定的“没有”代替了“没”。参见梅祖麟（Mei Tsu-lin, 1933 年生于北京，现为康奈尔大学中国哲学教授。——译者）（1984）、贝罗贝（Alain Peyraube，著名中国语言学家、法国国家科研中心教授。——译者）（2000），第 3—10 页。

③ 除了一点需要保留之外。这一点即：它涉及记录只被精英分子在某些范围内使用的公共语言。

能完成[①]。

这期间，整合的工作引起了一场巨大的革新：与中国基本智慧相关的文本中开始使用方言形式。此时已不像佛教被引进的最初时期以来一直保持的那样，仅是写作类型的增加，而是这种写作成为伴随中国经典本身的一种说教工具。宋代新儒学的作品标志着这场革新的一个重要阶段。因而，朱熹口头教育的言论《朱子语类》（1270）的一部分就是用这种被称为“古代白话”的古代通俗语言写成的。

可以说这项发生在前现代时期的文学和语言的双重运动是有意义的，它为20世纪采用白话打开了道路。如胡适（1891—1962）这样的改革者就意识到白话的采用其实是一个长期过程的结果[②]。

自19世纪中叶以来出现的数不清的翻译文本几乎未对文本的认知产生什么作用，既然它们很少被看作是文本范例。然而，像之前的那些时期一样，它们导致文类和写作形式的大量增加：话剧的出现、面向大众的散文（不同于用毛笔随意而写的古代笔记）以及自由诗体的使用，等等。

翻译也影响了同时代作家的修辞手段，让他们能够对将要说的和已经说过的东西进行概括，在文本中引入插入语，还有就是准确地引用资料，这些在从前是很少使用的。

结语

我们可以这样认为，这是一个对文本的中国概念和翻译在中国的作用有重大意义的现象：从一开始到当前时代，出于中国当局的选择，把中国的领土看成是由一种唯一的、标准的书写语言所统一的，这就把中国一些地区的口语排除在“应该翻译”的领域之外；中国话之间翻译缺失的结果就是人们只是以大规模的方式翻译完全是异国的语言。跟梵语一样，欧洲语言是一种印欧语言类型，换句话说是属于不同于汉语语系的语系。当然，翻译的难度与语言之间的差异不是成正比的。基本的事

① 程艾蓝（1997a）19章“南宋总整合（12世纪）”，第464—495页。

② 胡适（Hu Shi）（1988[1919]）。

实在于它涉及一个遥远的异国，从而对中国的翻译家产生外在性，特别是对他们的读者大众。当人们翻译一种邻国语言的时候，在接受国会有一个各种层次读者组成的群体，他们或多或少了解这个邻国的情况。中国读者大众从前几乎无法欣赏梵语翻译者的成果：距离的遥远加剧了知识界双语人才稀少的现象。就日语和欧洲语言而言，在很长时间里情况是完全一样的。20 世纪初以来，日语的情况有了一些变化，后来因在中学里教授英语，英语的情况也变了；某一个时期对俄语来说也是这样，但对其他语种来说几乎没有变化。即使就英语而言，虽然它获得一种幸运的扩展，但能够阅读（英文）原文版文学和学术著作的读者并不多[①]。

一句话，翻译，被排除在汉语内部空间外，仍旧与异国事物相联系。

（赵红妹初译，高建为校改）

参考书目

Bibliographie

Viviane Alleton, Paroles à dire, *paroles à écrire: Inde, Chine, Japon, Paris*: Editions de l'Ecole des Hautes Etudes en Sciences Sociales, 1997.

Thomas T. Allsen, *Culture and conquest in Mongol Eurasia*, Cambridge: Cambridge University press, 2001.

Bai Qianshen, "Calligraphy for negotiating everyday life: The case of Fu Shan（1607–1684）", *Asia Major*（1999-1）, pp. 67–118.

Renée Balibar, *L'institution du français*. *Essai sur le colinguisme, des Ceroling-iens à la République*, Paris: Presses Universitaires de France, 1985.

Wolfgang Behr, " 'To translate' is 'to exchange'. Linguistic diversity and the terms for translation in ancient China", in Michael Lackner *et al.*（2004）, pp. 173–209.

Antonie Berman, *La traduction et la lettre ou l'auberge du lointain*, Paris:

① 现当代，特别是从共产党政权的建立开始，便合礼仪地（bon ton）关注亚洲那些语言和汉语不相关或不再相关的国家的文学。这一现象仍然只是处于边缘地位且并不涉及汉语自身：如粤语（广东方言或香港方言的组成部分）和吴语（上海方言或苏州方言的一部分）。

Editions du Seuil, 1999.

Karine Chemla, Guo Shuchun, *Les Neuf chapitres . Le classique mathématique de la Chine ancienne et ses commentaires*, Paris: Dunod, 2004.

Chen Fukang 陈福康, *Zhongguo yixue lilun shigao* 中国译学理论史稿, Shanghai: Shanghai waiyu jiaoyu chubanshe, 1992.

Anne Cheng, «La trame et la chaîne: aux origines de la constitution d'un corpus canonique au sien de la traduction confucéenne», *Extrême-Orient Extrême-Occident*, 5（1984）(*La canonisation du texte: aux origines d'une tradition*）, pp. 13–26.

—, *Histoire de la pensée chinoise*, Paris: Editions du Seuil, 1997a.

—, «Paroles de sages et écriture sacrée en Chine», 1997b. in Alleton（1997）, pp. 139–155.

—, «Les métamorphoses du lecteur des Classiques dans la Chine impériale», in Christian Jacob, *Des Alexandries II. Les métamorphoses du lecteur*, Paris: Bibliothèque nationale de France, 2003, pp. 207–220.

Christopher Leigh Connery, *The empire of the text. Writing and authority in early imperial China*, Lanham: Rowman and Littlefield, 1998.

Paul Demiéville, «La pénétration du bouddhisme dans la tradition philosophique chinoise», *Cahiers d'histoire mondiale*, III-1（1956）, pp. 1–38.

Vijaya Deshpande, "Ophthalmic surgery: a chapter in the history of Sino-Indian contacts", *BSOAS*, N° 63/3（2000）, pp. 370–388.

Bayard Dodge（éd）, *The Fihrist of al-Nadim*, New York, London: Columbia University press, 1970.

Mark C. Elliott, *The Manchu way*, Stanford: Stanford University press, 2001.

Benjamin Elman, *From philosophy to philology. Intellectual and social aspects of change in late imperial China*, Cambridge, Mass. : Harvard University press, [1984], éd. révisée UCLA 2001.

Bernard Faure, «Le bouddhisme *chan* entre l'écrit et l'oral», in Alleton（1997）, pp. 115–138.

Herbert Franke, Denis Twitchett（ed. ）, *The Cambridge history of China, vol.*

6, Alien regimes and border states. 907–1368, Cambridge: Cambridge University press, 1994.

Gao Xingjian, Denis Bourgeois, *Au plus près du réel*, La Tour d'Aigues: Editions de l'Aube, 1997.

Jacques Gernet, *Le monde chinois*, Paris: Armand Colin, rééd. 1983.

Donatella Guida, «La politica estera dai Ming ai Qing: gli Uffici di traduzione（Siyiguan）e d'interpretariato（Huitongguan）», *Ming Qing yan jiu*（settembre 1984）, pp. 81–86.

Gulik Robert Van, *Siddham*,（Sarasvati Vihara Series, vol. 36）, Nagpur: Lokesh Chandra, juillet, 1956.

Christoph Harbsmeier, *Language and logic in traditional China, in Science and civilisation in China*, vol. 7, *The social background*, Part I, Cambridge: Cambridge University press, 1998.

—, "May Fourth linguistic orthodoxy and rhetoric: Some informal comparative notes" Part 4: "The archaelogy of May Fourth rhetoric: comparisons with the pre-Buddhist classical Chinese", in Lackner *et al.*（2001）.

Hu Shi,《Guoyu wenfa gailun 国语文法概论》（«Projet pour la réforme de la langue nationale», écrit en 1919）, in Wang Zhongwen（éd.）, *Hu Shi zuopin ji* 胡适作品集, Taipei: Yuanliu chubanshe, 1988, pp. 443–499.

Christian Jacob, *Des Alexandries II. Les métamorphoses du lecteur*, Paris: Bibliothèque nationale de France, 2003.

Jin Di 金隄, *Dengxiao fanyi tansuo* 等效翻译探索（*Propos sur l'équivalence dans les traductions*）, Beijing: Zhongguo duiwai fanyi chubanshe, 1997.

Joachim Kurtz, *The discovery of Chinese logic. Genealogy of a twentieth-century discourse*, Université d'Erlangen-Nüremberg: thèse d'habilitation, 2003.

Michael Lackner, Amelung Iwo, Kurtz Joachim, *New terms for new idea. Western knowledge & lexical change in late imperial China*, Leiden: Brill, 2001.

—, "Cicumnavigating the unfamiliar", in Lackner *et al.*（2001）, pp. 357–369.

—, Natascha Vittinghoff（éd.）, *Mapping meanings. The field of new learning in late Qing China,* Leiden: Brill, 2004（Sinica Leidensia, 64）.

Valérie Lavoix, «Un dragon pour emblème. Variations sur le titre du *Wenxin diaolong*», *Etudes Chinoises*, vol. XIX, 1–2（2000）, pp. 197–247.

Leung Angela Ki-Che 梁其资,《Qingdai de xizi hui 清代的惜字会（“Societies for cherishing written characters”in Ch’ing China）》, *Xinshixue* 新 史 学, vol. 5-2（1994）, pp. 83–115.

Mark Edward Lewis, «Les rites comme trame de l’histoire», in Viviane Alleton et Alexis Volkov, *Notions et perceptions du changement en Chine*, Paris: Collège de France/Institut des Hautes Etudes Chinoises, 1994, pp. 29–39.

Liu Xie 刘勰, *Wenxin diaolong* 文心雕龙（*The literary mind and the carving of dragons*）, édition bilingue, trad. Par Vincent Yu-Chung Shih, Taipei: Chung Hwa, 1970[1re éd. New York: Columbia University press, 1959].

Ma Zuyi 马祖毅, *Zhongguo fanyishi* 中国翻译史（*A history of translation in China*）, Wusi yiqian bufen 五 四 以 前 部 分, Wuhan: Hubei jiaoyu chubanshe, 1999.

Victor Mair, Mei Tsu-lin, “The Sanscrit origin of recent style prosody”, *Harvard Journal of Asian Studies*, vol. 51-2（1991）, pp. 375–470.

—, “Buddhism and the rise of the written vernacular in East Asia: The making of national languages”, *The Journal of Asian Studies,* N°53-3（1994）, pp. 707–751.

François Martin, «La parole poétique», in V. Alleton（1997）, pp. 51–81.

—, «Les anthologies dans la Chine antique et médiévale: de la genèse au déploiement», *Extrême-Orient Extrême-Occident*, N°25（2003）（*L’anthologie poétique en Chine et au Japon*）, pp. 13–38.

Mei Tsu-lin 梅祖麟,《Cong yuyan shi kan jiben Yuan zaju binbai de xiezuo shiqi 从语言史看几本元杂剧宾白的写作时期》（A quelle époque, d’après l’histoire de la langue, ont été écrits les passages parlés de quelques opéras Yuan）, *Yuyanxue luncong* 语言学论丛, 13（1984）, pp. 111–153.

Meng Yue, “Hybird science versus modernity: The practice of the Jiangnan arsenal, 1864–1897”, *East Asion Science, Technology and Medicine*, 16

（1999）, pp. 13–52.

Ng Mau-sang, “Reading Yan Fu’s *Tian Yan Lun*”, in Roger Ames et al. , *Interpreting culture through translation. A festschrift for D. C. Lau*, Hong Kong: The Chinese University press, 1981, pp. 167–184.

Tri Christine Nguyen, «La vogue des manuels d’enseignement traditionnels en RPC. Naissance d’une recherche, retour de la morale confucéenne ou manipulation politique», *Revue Bibliographique de Sinologie*, vol. XIII（1995）, pp. 35–46.

Alain Peyraube, “Westernization of Chinese grammar in the 20th Century: Myth or reality? ”, *Journal of Chinese Linguistics*, 28-1（January 2000）, pp. 1–25.

Robert Ramsay, *The languages of China*, Princeton: Princeton University press, 1987.

Morris Rossabi, “The reign of Khubilai khan”, in H. Franke, D. Twitchett（1994）, pp. 414–489.

Axel Schuessler, “Multiple origins of old Chinese lexicon”, *Journal of Chinese Linguistics*, 31-1（January 2003）, pp. 1–71.

Ravni Thakur, “Lu Xun’s foreign inspiration”, *China Report*（1982）, pp. 55–67.

Translators Association of China（éd. ）, *Fanyi yanjiu lunwenji* 1894–1948 翻译研究论文集（*Collection of texts on the study of translation, 1894–1948*）, Beijing: Waiyu jiaoxue yu yanjiu chubanshe, 1984.

Eric Trombert, «Un sujet d’actualité. les Sogdiens en Chine des Han aux Tang», *Etudes Chineses*, vol. XXII（2003）, pp. 231–241.

Tsien Tsuen-Hsiun, “Western impact to China through translation”, *Far Eastern Quarterly*, vol. XIII-3（1954）, pp. 305–327.

de la Etiennne Vaissière, *Histoire des marchands sogdiens*, Paris: Collège de France/ Institut des Hautes Etudes Chineses, vol. XXXII, 2002.

de la Etiennne Vaissière et Pénélope Riboud, «Les livres des Sogdiens», *Studia Iranica*, N°32（2003）, pp. 127–136.

Xie Tianzhen 谢天振, *Yijiexue* 译介学（*Medio-translatology*）, Shanghai: Shanghai waixue（应为 waiyu。——译者）jiaoyu chubanshe, 1999.

Xiong Yuezhi 熊月之, *Xixue dongjian yu wan Qing shehui* 西学东渐与完清社会（应为晚清。——译者）（*The dissemination of Western knowledge and the late Qing society*）, Shanghai: Shanghai renmin chubanshe，1994.

Zhou Dingyi 周定一,《'Yinyici' he 'yiyici' de xiaozhang 音译词和意译词的消长（Growth and decline of phonetic loan and semantic translation）》, *Zhongguo yuwen*, 10（1962）, pp. 459–465, 476.

Erik Zürcher, *The Buddhist conquest of China. The spread and adaptation of Buddhism in early medieval China*, Leiden: Brill, 1972.

—, "Late Han vernacular elements in the earliest Buddhist translations", *Journal of the Chinese Language Teachers Association*, XII-3（oct. 1997）, pp. 177–203.

2. 动物之争：关于《庄子》中动物寓言的思考（摘要）

葛浩南（Romain Graziani）

在战国时代哲学内容的文本中，动物题材得到广泛的应用。尤其在具有教化作用的文本中加入有关动物为道德所感化的情节，是颇受统治者欢迎的。人们相信，如果像野兽般未开化的人都能在礼仪的熏陶下变得富有教养，那么野兽本身也一定能受到道德的感召。这种礼仪、宗教和政权的万能论思想在当时深入人心。

《庄子》中也有许多动物题材的故事，而这些动物故事意在迂回地借用动物群体来向政治、礼仪和道德体系展开攻击。这些故事并非是对人类境遇的图解说明，也不同于那些战国时流传于庙堂之上、为宣扬君主政体的普遍性而作的动物寓言。《庄子》意在借此批评社会和礼仪、宗教、道德习俗，抨击政权对民众的控制，揭露政权对人民回归本性的阻碍，进而对构成人类存在基石的本质观念发起进攻。《庄子》提醒人们，在接受道德教化和所谓文明生活的过程中，他们对自身的伤害已经达到很深的程度。同时，《庄子》试图提出一套有益个体和社会和谐的准则，建立合乎自然的现实。借助理想化的动物原型，《庄子》推崇这样一种人：他们具有真正的大智，能够合乎自然天性地生存，表现出顺应自然的中立和淡泊之心。这就是“真人”。这些故事仿佛是庄子率领动物们展开的一场搏斗，对抗着那些统治者，摧毁其礼乐、宗教和政权，动摇其社会生活的根基。

第一，在中国，动物可以作为驯化的伙伴、运输与耕种的工具、食物、祭祀之物、占卜用品、崇拜对象乃至权力象征等多种形式与人类发生联系，履行着政治、经济、象征、宗教、道德、审美等多种职能。

例如，《庄子·外物》篇宋元君梦龟的故事表现了庄子对占卜的态度。宋元君梦到一个披头散发的人对他说渔人余且捉住了他，请求宋王救他。第二天宋元君问卜师此人是谁，卜师说是一只神龟。宋元君找到渔人余且并让其献龟。得龟后宋元君问卜师是否杀龟，卜师说杀了这只龟用来占卜很吉利。于是宋元君杀龟用来占卜，果然很灵验。孔子听后感慨道：神龟能够给元君托梦却躲不开余且的网，它被用来占卜很灵验自己却被刳腹杀死。这就是说智慧有受挫的时候，神灵有做不到的事情。在这篇故事中，借孔子之口，庄子揭示了占卜行为的荒谬可笑及其可能招致的危险。在古代中国，敏锐的洞察力、预知和占卜能力都被视为智慧的表现，而庄子认为这仅仅是“小智”。这种“小智”忙于演算、推理、反映，必然失于片面，无法得见整体。庄子提出，“善”并非强制学习的结果，而是行善之人生活的方式；知识也并非只能从书本、圣贤或学校那里才能获得。他提醒我们注意，我们过多地强调理智而忽略了感觉。我们日常的许多应激反应、行为和话语恰是在不知不觉中完成的，而“大智”也往往正生于这样的无意之间。

第二，战国和汉代的许多典籍都将音乐与动物的声音、活动和节奏联系起来，认为音乐原本是对动物的模仿。当然，这些动物的原始声音必须经过人类的加工改造才能称之为音乐。同时，当时的人普遍认为，音乐具有改造自然的力量，能以一种温和的方式实行教化功能，驯服那些最原始的本性。由此，音乐与自然的这种密切关系便被统治者们利用来为王权与自然的和谐共处提供宣传。在《至乐》篇中，庄子戏仿了一个类似的情节：一只海鸟落在鲁国近郊，鲁侯为它摆宴演奏《九韶》古乐，并以太牢款待，海鸟却目眩心忧，三日而死。这恰是道德力量对动物的戕害。礼仪雅乐对动物而言是一种与自然无关的文化产物，而庄子希望能恢复动物原有的特异性，能让人们理解动物自身的需要和愿望。唯有此，人类本身才能真正看清自我，恢复身心的自由。之后，《庄子》又做了进一步延伸，展开对宇宙演化、生命往复的思考。书中虚构了一段孔子拜见老子问“道”的对话。孔子问老子，自己研究六经许久，却不知为何仍不能说服国君采纳先王之道。老子答道，六经并非“道”而只是“道”的踪迹，“道”应从万物化生之中获得。孔子三月后终于悟出“道”存于天地造化之中。在庄子看来，真正的万物齐一并不需要经由音乐。孔子领会的正是万物间这种无声的演奏、交流和相生。

第三，战国时关于政治和社会的观念，有两大派别。一类是以儒家为代表，强调等级间的间隔无法弥合，强调人类的美德——它由英雄和先贤传扬，帮助人类摆脱无知野蛮的原始状态。这种观念认定人性的建立是通过与其兽性的身体相分离而完成的，认定道德教化是圣贤的赐予。另一类是以道家为代表的观念，希望人类回到最本原的时代，人与动物和谐共生，没有利益与权力的分配。在这一派看来，文明的诞生意味着万物的衰落和分崩离析，人类从此失去了自己的自然本性。

当人与动物实现了分离，人类便面临着如何与其他生物和睦共处的问题。对于儒家来说，这意味着如何改造动物，使其归顺于人类的伦理教化体系之中，而非让人重返动物界。庄子则恰恰相反。儒家以习俗、礼仪、音乐、典籍、道德规范等一系列方式来让人类远离兽性与野蛮；庄子则提醒人们还有另一种教育，并非源于书本或所谓圣贤，而是惟有重返自然本原方能获得。《庄子·马蹄》篇便是一篇著名的关于自然本态与统治之间关系的思考之作。文中所谓善治动物者，不过是用治理人的方法使动物屈服罢了。而伯乐分辨优劣马的相马术，是将外在的身体表征归入社会的道德规范体系中去。伯乐并不理解马，他未能追随马的天性；他“烧之、剔之、刻之……”的治马之法，人们以为是培育的途径，实际却损害了它生命必需的功能，致使马大量死亡。《马蹄》篇很好地彰显了马蹄本有的行走天地的本领与人类为其钉掌的行为之间的矛盾。马蹄的意象具有双重意义，一方面可以视为马身体受刑的表征；另一方面，也是一种提喻，引起人们对马的从属性，对它遭受的烧、刻之苦的注意。这些有蹄类，曾经可以自由驰骋，不受束缚。如今却被人类烙上印记，取消了一切特殊性。而庄子所称赏的“真人”，乃是和野马一样，可以自在地游荡于空寂遥远的地方。该篇之旨不止于指出何为不良的执政，更进一步地指出执政乃至所有管理的本质，都是一个粗暴、异化的过程，一个取消自然本有的生命活力的过程。另外，《庄子》也力图凸显所谓圣贤宣扬的礼乐和器具的使用所造成的破坏性后果。思考自然，应从其本来的秩序，而非从如何为人类服务的角度去看。这也使庄子的思想得以与儒家、墨家、法家等思想相区别，后几者都意在以工具、礼乐或法律等种种方式将人类从自然界中分离出来。庄子更进而认为，创立了文明的圣人出现，对动物和自然人来说，都是一场灾难。他既反对文化机构也反对相关的一切统治形式。他批评的是强权对人类的异化，就像人类对动物的异化。这一篇章揭示了驯养者如何通过人为的创造来限制自然状态。庄子力图证明一切统治都是不好的，只要它对他人进行支配、驯化、发号施令或是设立制度。

第四，对于生命共处的方式，庄子试图建立一种不被绑缚的友好关系。《大宗师》篇提出：“泉涸，鱼相与处于陆，相呴以湿，相濡以沫，不若相忘于江湖。与其誉尧而非桀也，不如两忘，而化其道。”因为水源干涸而自发互助的鱼，在儒家看来是出自道德的善行，其实只是濒死的无奈之举。庄子认为，道德是人类的天性趋于灭绝的征兆，是万物的活力和变动性已经消亡的表现。儒家誉尧而非桀的行为遭到庄子的抨击。他认为，不论是誉尧还是非桀，其本质上对生存、道德的理解都是一样的。而君主应作的是避免让鱼类某天突然处于置身沙岸的情况，这是对其生气与生机的劫夺。而只有“真人”不必为外物所羁绊，可以与他人保持“亲”“疏”的最佳距离，与其和谐共处。

第五，《庄子》开篇对鲲鹏之大的描述向人类展示了天地与人类精神同样的无可估量。这一奇景打破了语言的隔阂，使生命之大变得无法衡量，随天地而变。在这一场景中，庄子在哲学语言中引入了神话虚构，并丰富了文学中奇观的描述。这些离奇且无用的、缺乏道德教化功能的故事是对那些陷入实用主义、功利主义话语的蔑视。《逍遥游》既拒斥道德教化的语言，也拒斥包含策略性、功利性的语言，这使得它在中国哲学内容的文本中显得独树一帜。这些奇幻的想象大大地冲击了人们日常社会的实际生活经验。它也迥异于与庄周同时的其他圣贤的语言风格。孔子、孟子、墨子、孙子等人的篇章，无不推崇上古的言论，夸耀自己是改良个人行为、社会习俗直至国家运行的有效教育。而庄子试图创立一种读者与文本之间的新型关系，颠覆真实的参照体系，寻求文本自身的威信以及读者对它的绝对信任。同时，这样广阔自由的想象可以激发人类精神中积极、和谐的部分。鲲鹏的出现造成的梦幻般氛围能令人开始思考生活中的不足，那些本属于必需却丧失了的东西。

总之，作为与其同时代的哲学内容文本迥然不同的著作，《庄子》对动物题材的运用并非出于道德教化的目的，而是为了表达对社会现状（宗教、政治、道德、技术等诸方面）的不满。在庄子看来，万物本有其类别和次序。在原本自然的状态中宣传社会道德无异于“击鼓而求亡子”（《天道》），只会令自然错失其应有的状态和本性。“甚矣夫，好知之乱天下也!”（《胠箧》）庄子所推崇的理想的君民关系正像他在《天地》篇中所提出的，是一种“上如标枝，民如野鹿”的境界。

（辛苒编译，高建为校改）

3. 作为“忤奴”的他者：具有包含 / 排除功能的闭锁批评系统（摘要）

蓝碁（Ranier Lanselle）

清代学者金圣叹对《西厢记》所作的批文中有这样一种有趣的现象：他用了不下五十处如“忤奴”“伧父”“不文人”之类的称呼来指代那些领会不了该剧妙处的读者。而同时又以“普天下锦绣才子”等语来褒扬那些能与金圣叹心灵相通的“文者”。所谓“忤奴”及其文学观点，都是由金圣叹自己创造或曰“导演”出来，用以揭示该剧丰富含蓄的内涵。针对“忤奴”们在阅读中出现的谬误和成因，蓝碁在文中逐层做了深入的分析。

全文共分五章。第一、二章归纳了金圣叹批本《西厢记》中出现的

“忤奴”们的诸种谬误。在第一章《服从于语词双重指向的批评“靶心”》中，蓝碁着重分析了“忤奴”们对《西厢记》含蓄蕴藉的写作风格的忽视。其一，《西厢记》中的许多语词有着丰富的内涵，而金圣叹指责“忤奴”们往往只知“面是面，钿是钿，眉是眉，鬓是鬓”，直将崔莺莺读成了“泥塑双文”。其二，《西厢记》善于将截然不同的双重极端放在同一个人物身上。金圣叹相信读者会被这样的一个矛盾的女主人公所吸引：她端庄淑雅却又同时是“淫秽”的，而且落落大方，毫不掩饰。金圣叹认为，如果崔莺莺表现得如同一个堕落的女子，那反而正是出于她合乎伦理的自然本性。悖论还不止于此，金圣叹更批评那些以“淫荡”来指斥他人的“忤奴”们自身才是深藏淫心。其三，关于《西厢记》中的“烘云托月之法”。金圣叹将剧中画云而意在月、明写张生而暗彰莺莺的笔法称为“烘云托月之法”。“忤奴”们往往倾向于将张生第一次见到莺莺时的神态描绘得轻浮狂且，仿佛丧失理智。这在金圣叹看来，是云尘病月之误，会极大地“唐突双文”。“忤奴”们的错误不仅在于误解张生，把他视为不务正业的浪荡子，而更在于误解了“靶心”（这一“靶心”是隐晦的且有双重指向的），即误伤了恋上张生的崔莺莺的形象，这是金圣叹尤为愤恨的。蓝碁提醒读者，这正是金圣叹的妙思：将“忤奴”们化为一种评点工具。既然他的批注意揭示语词的双重意旨，那么“忤奴”们的形象也须得一再调整，使其犯下双重的谬误。

第二章《在可见与无可表现之间：我们看到了什么》中，蓝碁梳理了“忤奴”们在剧作的情景相融笔法上的误读。他认为，中国传统诗论讲究情与景的相互交融，合而为一。值得注意的是，蓝碁所说的“情”既表示“情感”，又有“情节”之意。他更提出，金圣叹将前者的范围由一般理解的平常情绪扩大到炽热的爱情。在《西厢记》中，写景从不仅是单纯表现景色，而是与情节、与人物情绪紧密结合，相辅相成。蓝碁认为，这是由文本自身所产生的无限蕴含，无需其他刻意的辅助手法。他举了两个《酬韵》和《琴心》中的例子。两处均表现出了景与情的唇齿相依，二者在动态的交互中互相影响。而“忤奴”往往无法体会到在这“景”之后所表露的“情”。蓝碁就此进一步分析指出，若这种动态的交互能够一直持续，便能逐步入“境”。至此，便彻底消弭了主题与环境的界限，结束了二者的分离与对立状态。这一佛教术语在整部批文中一再出现，而在《惊梦》一折中表述得最为充分。该折中，在张生梦醒后的一段凄婉的《得胜令》唱词后，金圣叹批道："是境是人，不可复辨。"蓝碁提出，在这一折中，不独张生进入了物我难分、超凡入圣之境，连之前始终与外界之"景"留有距离的崔莺莺，也在与张生之梦的纠缠中进入了这一动态的情景交互影响的过程之中。

第三、四两章可看作蓝碁就"忤奴"误读原因的两重分析。第三章为《论缺乏基于固定对象的标准时评判的可能性：完全介入客体关系中的主体》。蓝碁指出，在《酬简》一折的前批中，金圣叹不仅抨击了那些指摘《西厢记》诲淫的"忤奴"之见，也讥讽了那些只关注描写对象、不能领会文意的误读。金圣叹所推崇的好的阅读，能越过作品中的种种细枝末节等表面的事件描写（所谓"不见其鄙秽"），从而把握文本的真正旨意（"解其文"）。蓝碁注意到，"忤奴"们读西厢，往往先入为主，先定其为淫书而后评判之，带有这种主观倾向的评判在《西厢记》中比比皆是。他认为，没有什么评判能够说尽戏剧的内涵，只有情节自身才可以说明该评判的正确与否。

第四章为《论缺乏基于固定对象的标准时评判的可能性：作为一种和谐关系的固有而非理解之结果的评判》。蓝碁指出，在对第一本（第一至第四折）的评点中，金圣叹不遗余力地屡屡强调张生、崔莺莺二人的举止无任何失礼之处。此外，莺莺的形象在第一本中也是含蓄未露的，总是借由他人的口眼诵之；更绝无引诱张生之意，也没有表现出任何"忤奴"们所谓的"目挑心招种种丑态"。同样，张生也并无勾引之举；惟有"忤奴"才相信，张生的弹琴表情实为引诱莺莺。蓝碁指出，其实"忤奴"的"伧"并非一种性质而是一种逻辑，它产生于事物进程中固有的分裂。"忤奴"们的错误并非孤立的，它们来自一种不可抗拒的机制、一个封闭的系统。因此金圣叹并不打算说服"忤奴"。

最后一章题为《结论：批评立场或封闭在重复之中》，蓝碁在其中对金圣叹的批评方法做了概括。其实，"忤奴"只是金圣叹想象出来的对立面。金圣叹的批评方法并非基于客观的标准而只是停留在封闭的圈子里。对《西厢记》中莺莺和张生的行为如何看待，按金圣叹的批语，需通过

“秘法”才能理解。所谓“秘法”并非科学的标准，而是源于历史悠久的批语传统，也就是一些片面批评经验或批评用语的累积。这是一种封闭式的批评系统，它以格言警句的方式重复地使用排斥和贬低的方法。这种方式掩盖着一种割裂，使共谋关系更加紧密。其实批评主体本身就是分裂的，它体现了对莺莺这个人物存在两种解读的可能：一种是高尚而充实的姑娘，只有金圣叹这样读；另一种是淫荡姑娘，“忤奴”们这样看。正是这种从主体到“假定完全与我匹配的主体”之间的共谋愿望形成一个系统并给予话语真实的对象，远多于概念系统所做的。金圣叹其实在不知道的情况下以某种诚实指出一个值得注意的真情：即建立一个封闭系统的愿望，在这个系统中，纳入／排斥的二元构成及其不竭源泉被主体当作玩重复的可能来开发，但却一点不知道话语的分裂；在此，代替判断，虽摆出一种挑战的神态却最终信赖大师的话语。这个大师正是那个“完全与我匹配的”真实形象，他的话语将是完全单一的，允许主体省去两可性：这个两可性不是在“忤奴”的话语里表现出来——“忤奴”只是想象的——而是在评论家自己的话语里。蓝碁认为，这就或许将有一种批评，但这种批评将只表明一种“非认识的意志”的立场，这就是金圣叹当作话语给我们阐明的。

（辛苒编译，高建为校改）

4. 刘勰的怊怅

——根据《文心雕龙・知音》篇论文学批评家的姿态与职责（全文）

华蕾立（Valerie Lavoix）

有两部写于中国六朝时代（3—6 世纪）的最重要文学批评著作，其中第一部在某些方面构成中国文学批评和理论史上的一个特例。约公元 500 年时由刘勰（465—521）完成的《文心雕龙》非常明显地在形式上和雄心上，区别于它之前、同时和之后的作品，而后世则更坚定地效法由钟嵘（467？—518）于公元 515 年左右写作的《诗品》。实际上，《文心雕龙》五十篇所构建的非常引人注目的建筑物，它详尽和系统的精神，角度的多样化和对作家、作品欣赏的开放性切入，等等，赋予这部专论一些特点，这些特点与那些被认为是中国诗学最显著的特色：如批语的关联性和注解的并置，与诗歌相联系的佚事，针对诗和诗人那种或多或少非正式的“谈话”（诗话和词话），等等，处于对立位置。相反，人们普遍认为,《诗品》[①]为唐代的批评文集及“诗的规则”（诗格和诗式）和宋代的诗话，直接开辟了一条道路，这条道路导向一种变得僵化的批评模式，与其关联的是代表性诗歌的摘录（关乎风格的或诗人个性的）和对通常是原创的、符合综合性程式的诗歌的赏析。

人们不能证实刘勰和钟嵘互相认识，但这种情形是可能的，尤其因为两人都在同一个梁皇子萧宏（473—526）的机构里做过事，那是在公元504—507年之间，而《文心雕龙》不大可能不被钟嵘所知[②]。不管怎样，他们两人在关于批评的设想上是大有区别的。《诗品》如它标题清楚表明的那样主要是一种作品评价，因为它提出并论证最优秀诗人（只是在五言诗史上享有声誉的）的三个类型（上品、中品和下品）。刘勰的论文则同时制定一种文学理论和一部几乎囊括所有写作形式的历史——从高贵的诗歌形式到药方——用对作者和作品美学与形式上的评价来加以说明；一种对文学创造的反思，对从作者到作品并从作品到读者起作用的过程和要求的反思；一种对修辞的不同方面所做的技术而专业的论述；也是一种对历史观、对文学人的社会地位和社会使命的论说。

由两部著作的序和跋来看，著述旨意迥然不同。平心而论，刘勰和钟嵘都在清点文学批评史上前人文章与著作的优长和不足。但刘勰首先充分而恰当地抨击了先前的文学批评，认为它们或论述不周，或相互矛盾，或毫无效用，或思想浅薄:“各照隅隙，鲜观衢路。”[③]《诗品》的作者则取笑同代人在诗评中的过度发挥：他们自炫能够不停地谈诗，但却是

① 人们推测《诗品》通过对作品的选择来显示自己对五言诗的优劣分品，但这一假设是很难论证的，见伯纳·傅瑞《中国的诗学》（德文），第179页，注释35。它不只是一部“理论诗选”，见弗朗索瓦·马尔丹《中国上古与中古文选》（法文），第23—25页。

② 参见高山広《文心雕龙与诗品》（日文）；弗荷·博尔纳.《中国第一部诗学——钟嵘的〈诗品〉》（德文）；瓦莱里·拉弗瓦《刘勰（465—521）》（法文），第112、329、347—348、361页。至于钟嵘既没有提及《文心雕龙》也没有提及其作者，贝尔纳·弗利埃的解释较为可信：在钟嵘撰写《诗品》时，刘勰尚在人世。

③ 《序志》，50.1915。关于前辈功过的总论，又见50.1918，1922—1923。

依从于个人趣味，结果对诗的评价互相排斥，诗评呈现混乱状况："喧议竞起，准的无依。"[①]于是《诗品》便成为一部划分等级次序的论著，而鉴于他的前辈们或是忽略了对作品做优劣之分，或是对手上的作品不加甄别地收集、评述，这种划分便显得尤为必要[②]。然而矛盾的是，尽管《诗品序》中关于诗史和诗论的论说格外翔实，钟嵘本人却并没有建立起关于艺术和评价诗人之方法的理论。它止步于肯定这样的论述："至若诗之为技，较尔可知，以类推之，殆均博弈。"[③]

因此我们应该转向雄心勃勃的《文心雕龙》来寻找一种对其时正处于中国第一次成熟期的文学批评的反思——对先贤论述这片沃土的反思［譬如葛洪（283—343）《抱朴子外篇》中的多卷内容[④]］，因为刘勰在其论著中并未放弃拿出一篇来重新定义文艺的公正"鉴赏者"的任务和功能，它同样多地谈到作品的欣赏和评价，同样多地谈到领会和判断。文中对建议和方法的训教式陈述甚至让他理想地界定了同时作为法官和价值彰显者的批评家的权限与姿态："平理若衡，照辞如镜。"[⑤]而这第 48 篇最显著的特点在于它主要对威胁批评观照的诸种谬误和暗礁做了猛烈的揭露。它几次模仿《序志》篇即《文心雕龙》跋中的苦涩和遗憾语气，而《序志》则传达了一个奇特的确认：刘勰在篇中肯定《知音》篇表露了自己的"怊怅"[⑥]。刘勰还选用了《楚辞》的——特别能体现悲苦与失望语调的诗集——富于特色的词汇，既然它的象征性形象（诗人屈原，遭遇不公正诽谤和流放大臣的神话）能同时体现他受挫和价值方面的感想。读者在这里将读到的是一个批评家信念的声明，这个批评家就是《文心雕龙》的作者刘勰，而这种"怊怅"也必定是值得我们兴之所至，作一番诘问的。

---

① 《诗品·序》(上)，第 3—4 页。

② 《诗品·序》(中)，第 4 页。

③ 《诗品·序》(上)，第 4 页。一般认为《诗品》是受了前代对画家、乐师和棋手进行分品的启发。

④ 这些篇章桑德里·马尚在他的博士学位论文《文学中的自然》中已做过研究。

⑤ 《知音》，48.1852。关于这些方法，详见第 97 页注③。

⑥ 《序志》，50.1927。

认识作品的困难

事实上仅仅通过《知音》篇的标题刘勰就显示他的初始姿态命定是痛苦的：既然他从作品的欣赏和理解角度来提出问题，既然他以“知晓乐音者”的类比来论说《知音》[①],他便只能哀伤地自吟自唱。因为寓言说操琴者伯牙在钟子期这个唯一能欣赏和听懂他音乐之美的人死后就拉断了琴弦[②]，而这个寓言已经扎根在中国的“经典”里，因而这一哀叹就变成了被人反复吟唱的曲子：音实难知，知音难逢。自汉代以来，不少诗人在吟唱这个说法[③],而曹丕和葛洪则将“知晓音乐”归入批评的任务[④]。为了引出自己的观点，刘勰迎合习见，说了一些拗口而同义反复的话：“知音其难哉！音实难知，知实难逢，逢其知音，千载其一乎！”[⑤]刘勰的话赢得了著名文献学家，也是《文心雕龙》注者的纪昀（1724—1805）在这里所作的一条评注：“难字一篇之骨。”

就该篇的文脉而言，起首的这一预设在其后对批评的障碍与职责所作的论证中扮演着重要角色。有时，这种夹杂了强烈的怒气与轻蔑的苦叹会显得有些夸张，如刘勰用“酱瓿”之语痛惜那些被轻视的杰作[⑥]。这是在暗讽刘歆（？—23）对扬雄的尖刻评论。扬雄所著的《太玄》和《法言》罕有人能懂，而又有平庸的门生在他家中长期寄居，刘歆便对

---

① “音”在这里译为“谐音”（译为“音调”、“音色”或“旋律”更好），是参考了《乐记》中的明确区分：“声”的互相呼应与变化形成“（谐）音”的曲式；当和声音程的并列是由乐器演奏出来的并伴有舞蹈时，称作“乐”（《礼记·乐记》，第1527a页）。动物能够听懂它们吼叫的“声”，但它们没有“（谐）音”；大众能听懂（谐）音，但唯有君子才能听懂音乐（知乐）（同上，第1527a到b）。尽管这种分法与《文心雕龙》的《知音》篇不尽一致，这也可能只是在将“知晓谐音”视为衡量君子异于常人的禀赋之时；“音”被定义为声音之间的和声关系或调式关系，被搬用到人们寻求识破“文情”的文学领域时，还是部分有效的。

《吕氏春秋·长见》（11.112）中对“知音”的评述以乐师旷和涓为例：前者在众人中唯一听出晋平公（卒于公元前605）所铸大钟的声音不调，他提醒晋平公，如若后世有“知音”者，便能听出钟声之不调——这正是涓所做的。

② 《吕氏春秋·本味》，14.110。

③ 例见《古诗十九首》其五（《文选》，29.3b），或陆云（263—303）（同上，25.4b）与陶渊明的诗（同上，30.4a）。

④ 曹丕：《与吴质书》，《文选》，42.10a；葛洪：《抱朴子外篇·尚博》，32.109。

⑤ 《知音》，48.1836。

⑥ 《知音》，48.1843。

扬雄有了一些令人丧气的评说："今学者……尚不能明《易》，又如《玄》何！吾恐后人用覆酱瓿也。"[①] 在该篇的结尾处，刘勰直率地批评了世俗的审美趣味，并举出庄子和宋玉为例。前者讲到在辉煌的高雅音乐响起时，乡野之人却因听到一首流行曲调欣然而笑[②]；反之，后者提到一支在郢地只有数十人跟着唱和的音乐——"其曲弥高，其和弥寡"[③]："然而俗鉴之迷者，深废浅售，此庄周所以笑《折杨》，宋玉所以伤《白雪》也。"[④]

不过，为了理解刘勰想重新确立的批评家所应有的合理姿态，我们要再次回到怊怅这一主要基调上，首先是关于评判的误入歧途。刘勰提出并详述了文学品评中经常犯错的三种原因，这不是简单地由于谬误或愚笨，而是贵古贱今的成见、同时代文人的崇己抑人、学不逮文的无知所致。在先前的文学中，或隐或显地存在大量类似情况，他可以便捷地找到例证。例如，对健在作家表示轻视的问题，是借由两桩历史上著名的嘲讽来阐释的：秦始皇和汉武帝在他们以为思想家韩非和诗人司马相如已死时对其很钦佩，一旦两人进入帝王的宫廷，其中一个就遭到监禁，另一个则不得其用。在例举了诸多未能得到公允评价的杰出作品后[⑤]，刘勰遂提出"古来知音，多贱同而思古"。而他也乐于顺便回顾官员们的赏鉴（对每个政府来说这是一项大事）与作者赏鉴的类似之处，并在政治材料汇编中借用这样的格言："日进前而不御，遥闻声而相思。"[⑥]

在抨击那些极其傲慢地贬低同行的文人时，刘勰转引了曹丕曾用以导出自己《论文》篇的一句俗语"文人相轻"："故魏文称'文人相轻'，非虚谈也。"曹丕在文中举了这样一个例子，班固（32—92）与傅

---

① 《汉书》，87B. 3585。

② 《庄子・天地》，12.450。

③ 《对楚王问》，传为宋玉作，《文选》，45.2a。

④ 《知音》，48.1857。事实上，庄周哀叹尽管自己找到了正确的路，但世人皆在"惑"中。我们可以在刘勰的观点中看出类似的想法，他揭示了世人的"迷"。我们在这里还可以发现另一种讽喻笔法：《庄子》中乡野之人的"笑"在刘勰这里被转为庄周的"讽笑"。

⑤ 包括刘安（？—前 122）的《淮南子》、桓谭（约前 23—50）的《新论》、王充（29—97）的《论衡》、曹丕（187—226）的《论文》、葛洪（283—343）的《抱朴子外篇》。《文心雕龙》的读者乐于在这里看到对前人偏见的严辞揭露，因为刘勰时常严厉抨击同时代诗人，哀叹世风日衰，尽管他已对经典性作了宽容的界定。不过这一问题过于复杂，此不赘述。

⑥ 《知音》，48.1837。此语本于《鬼谷子・内揵》。

毅（？—90）的文采不相上下，却嘲笑后者说："下笔不能自休。"[①] 刘勰也同样引用了这个典故。刘勰用有趣的事例继续论证，为此贬损曹丕的弟弟曹植（192—232）。曹植曾刻薄批评陈琳（？—217）说："自谓能与司马长卿同风。譬画虎不成，反为狗也。"[②] 反过来，自负的曹植又对丁廙（？—220）大为赞赏，因为后者曾谦逊地请他对自己的小文加以润色[③]。

一旦揭示了这三种过于有害而又普遍存在的评判之误，即："贵古贱今""崇己抑人""信伪迷真"[④]，刘勰便接近了自己反思的核心问题：文学材料中鉴别的困难本身。这首先是由思考对象的性质本身引起。刘勰这个观点绝不是未被提出过，但却以以下方式提出："文情难鉴，谁曰易分？"并以之与那些易"征"的具体器物或生物比较，而这些东西也是容易被误解或错判的。刘勰提到一系列典型事例：古人曾将麒麟当作黄鹿，将野鸡当作凤凰，将夜光璧当作不祥的石头，将燕国的假玉当作珍宝[⑤]。在阳光下可见的物体和形态尚能造成这些错觉，这便已足以奠定并巩固这样的预设：文情难鉴，因为刘勰的论证事实上从未以文学对象的确切特点为论据[⑥]，而这些特点本身处于刘勰在评价作品时将要陈述的方法论建议和指令的核心；然而，感知它们的"文情"将成为这一详尽方法明确的而且是最终的目标。

从评价到理解

次等文学相当一致地从《知音》篇中看到了"六观"所建构的东西：即在欣赏作品时为彰显"优劣"必须首先考虑的标准，这即是评判的标准。

"一观位体，二观置辞，三观通变，四观奇正，五观事义，六观

---

① 《知音》，48.1841，原见曹丕，《典论 · 论文》，52.6a—b。

② 曹植：《与杨祖德书》，《文选》，42.13a。

③ 《知音》，48.1841，原见曹植《与杨祖德书》，《文选》，42.13a—b。

④ 《知音》，48.1843。

⑤ 《知音》，48.1844。

⑥ 《抱朴子外篇 · 尚博》，32.107。它只观察了作品的细枝末节，并不明晰。整部作品有机关系的精确性不易理解。

宫商。”①

尽管“观”一词可能重涉了之前已由刘劭确立的一种体系——刘劭在其《人物志》一书的第九篇②提出了一套在选拔人才中适用的了解人和评判才能的方法，但刘勰的体系却很可以说是新的，尤其因为这一体系在整部《文心雕龙》的各篇乃至各部分都有所体现。

正如按照某种情感或内部情况（即文情）来“设位”是作品“熔裁”或构思的起始阶段③，对它的“观”也自然是首位的。因为作品的形式即“体”是涉及类型的、组织性的和规范性的，因此，《文心雕龙》第 6 篇至第 25 篇都用于研究诗体与文体。文学品鉴的新手在这里会发现除对功用的确定外，还有每一种“位体”的美学特征和基本规范，以及关于那些最杰出和略逊色的著名作家的批评史。至于“置辞”，这是文体学也是语言学上的，包括语言的铺张或简洁，语句和段落的安排，平行性，相似的或递进的比喻方式，恰切的词汇和因缺乏鉴赏力而在句中错用的语词。我在这里论及的几篇④是《文心雕龙》中有关技术和修辞方面论述的核心，其中的原则和禁忌对文坛新人来说是自觉沿用的惯例，对“知音（者）”也是很有用的，因为它们附带了许多例证和批评方面的思考。最后两“观”的内容也是如此，因为这些指涉是通过类比这样的观念或事义来阐释的，而关于宫商——或者说和谐的音律，特别是声调上——的规定，在同属技术性论述的最后两篇也有体现⑤。

第三、四“观”所用的两个内涵丰富的概念在表述品鉴的文辞中起了关键的作用——在规范性评判与创造性探索的交汇中，这些原则事实上奠定了整部《文心雕龙》的兼具历史性和规范性的批评视角：经典作品被当成各种写作形式的鼻祖，构成超时代的典范和规则尺度；而《楚辞》被当作第一部奇异文学作品（奇文）⑥得到承认，而且作为第一次

① 《知音》，48.1853。

② 译自安娜 – 玛丽 · 劳拉《刘劭特点论》。“八观”构成了一套完整思路的八个步骤。

③ 参《熔裁》篇首。

④ 《熔裁》（32）、《章句》（34）、《丽辞》（35）、《比兴》（36）、《练字》（39）、《指瑕》（41）。

⑤ 《事类》（38）和《声律》（33）。

⑥ 《辨骚》，5.134。

创新（变）为（中国）美文学史上此后的所有演变开辟了道路[①]。一方面是异常的与符合规则的（即刘勰说的“奇正”），另一方面是恒久与革新（“通变”），它们用一种可比较的方式把完全不可分割的对立两方配成对。如此，若是一部作品完全没有规则性，就沦入无用的怪诞：“奇正虽反，必兼解以俱通……（然）密会者以意新得巧，苟异者以失体成怪。”[②]如果某一作品仅仅参考特别近的典范，它就不能融入“通”——即参考更为古老和更为经典的范例形成的恒久性。这样它甚至会丧失不可或缺的创新（变）之可能性而陷入模仿的危险，而“变”让作品有可能超越典范：“夫青出于蓝，绛生于蒨，虽逾本色，不能复化。……故练青濯绛，必归蓝蒨；矫讹翻浅，还宗经诰。斯斟酌乎质文之间，而櫽括乎雅俗之际，可与言通变矣。”[③]第三、四观无疑与美学定见关系最为密切，将其放在中心位置不是巧合。与文字相关的方面被放在了最后的位置，可能是由于它们因其直接和具体看起来容易辨别。位体和置辞当然不可能不牵扯一系列复杂的考虑就得到评估，然而如音律和用典一样，这头两条标准从最为敏感的形式方面来考虑文学作品。人们可以在《文心雕龙》的《附会》篇中发现另一个清单，它确认了在“情感（有机而规范的形式依赖于它）”、表达、用典和音乐性之间的互补性：它列举了在构思文学作品时，思维应该设计的四个方面。作品应该是一个有机整体，它被拿来与人体作比较：“事义为骨髓，辞彩为肌肤，宫商为声气。”[④]这种文学创作生理学在制定具体评价标准时得到了回响。根据这些标准，作品构成了评价的“可感知对象”。由于其他原因，许多《知音》篇的读者判断说“六观”令人惊讶地对形式比对内容更感兴趣，然而这忽略了一个问题：形式的建立是依赖于情感的——同样，在将作品看成是有机整体的构思阶段制定出的四个方面之第一个就是连接情感与意图：“情志为

---

① 《序志》，50.1924：“盖《文心》之作也，本乎道，师乎圣，体乎经，酌乎纬，变乎骚。”这段话可以引导《文心雕龙》的读者去依次参看此书的开头五章，之后的二十章论述韵文和散文的形式问题，这严格说来属于美文学史。

② 《定势》，30.1120 和 1140。

③ 《通变》，29.1093—1094。

④ 《附会》，43.1593。

神明。”①

事实上，这“六观”仅是品鉴文学作品过程的第一步②，以使“优劣”可判。相对照的是，第二步似乎远离了一切价值评判，只是寻求理解和认识。此外，作者对这第二步解释得很少，其不清楚程度就像“六观”列表系统性差的程度一样，然而它和“六观”一样是必需的：“夫缀文者情动而辞发，观文者披文以入情，沿波讨源③，虽幽必显。世远莫见其面，觇文辄见其心。岂成篇之足深？患识照之自浅耳。”④

中国文论将其词汇和预设植根于诗人的内在与外在世界之间，同时也是诗人内在与诗歌之间的二元对立和交互作用之中。在中国思想这一更为普遍的语境中，这样的二元对立并不意味着割裂也不意味着中断。这种从外到内直至情感、与创作过程相反的发展过程，于是像不证自明一样确立下来。在论及知音的处境时，刘勰的表述与《毛诗·大序》中关于诗经起源的论述同样清楚明晰：“在心为志，发言为诗。情动于中而形于言。”⑤

像许多诗学文本一样，《文心雕龙》关于这一题目有多种不同说法，在此我们可以摘录以下说法：“夫情动而言形，理发而文见，盖沿隐以至显，因内而符外者也。”⑥一切文学创作是一种外在化，是通过动词或风格表达而物质化的“降临”——在坚定地立足于以上预设时，实际上可以使鉴赏者（知音）面对这样的“对象”：它被看作是能够被考察、被打开和被穿透的。那么该对象既能够在精确的批评标准尺度前被观察——这些标准由于未使其成形而未被列举——也能够从深处来认识：既然外在完全符合内在，从看不见到明显这条道路就可以倒着来走。因此，虽然情感（情）的诗意表达所假设的直接性要求将对作品的内在掌握（情）作为鉴赏的最终目标—然而“文情难鉴”—同样，从外在到内在和从隐

---

① 《附会》，43.1593。

② 这六观是这样引出的：“是以将阅文情，先标六观。”《知音》，48.1853。

③ 形式上引用了陆机（261—303）的《文赋》，后者在论述创作过程时提到（《文选》，17.3a），又见《序志》，50.1922—1923。

④ 《知音》，48.1855。

⑤ 《毛诗正义》，第270a页。

⑥ 《体性》，27.1011。

含到明显两两相配的二元论的稳定性开启了一种矛盾的（并非虚幻的）“文本透明性”的可能—面对文学理解之困难时最初的痛苦姿态于是可以得到急剧逆转：“夫志在山水，琴表其情。”[①]按《列子》所说，“伯牙所念，钟子期必得之”，以致因为有了这样好的听众，音乐家自问：“吾于何逃声哉。”[②]刘勰也有相同的说法：“形之笔端，理将焉匿？故心之照理，譬目之照形，目瞭则形无不分，心敏则理无不达。”[③]

为了一种非常克制的偏向

不过精神应该具有洞察力。因为如果说那是刘勰从未有过幻想的反面观点，以下却肯定是一个事实：对作品的鉴赏和评价遭受鉴赏者不可避免的先验偏见的损害。这里我最终谈到与对文学的良好理解相对立的第二个暗礁，它关系到主体而非被观赏“对象”的性质：“知多偏好，人莫圆该。……会己则嗟讽，异我则沮弃，各执一隅之解，欲拟万端之变。”[④]这一观点并不新颖，尤其葛洪曾在指摘同辈时就此作了充分论述：“近人之情，爱同憎异，贵乎合己，贱于殊途。夫文章之体，尤难详赏，苟以入耳为佳，适心为快……所谓考盐梅之咸酸，不知大羹之不致。”[⑤]众所周知，不同作家的欣赏趣味有别，而且对才能与自己在伯仲间者的瑕疵，往往会大加批判，这在中国文论的早期篇章中就已有论述[⑥]。此外，自《人物志》[⑦]提出品鉴人才的理论，钟会（225—264）《四本论》[⑧]就“性”与“才”的关系加以讨论后，关于全才的稀有以及文人具有的缺陷及独特优点的论述在六朝的宫廷中也得到了充分发展。而在容纳了整个朝代历史的《世说新语》（刘义庆，430年）中所显示的有关性格

---

① 《知音》，48.1857。

② 《列子·汤问》，5.178。

③ 《知音》，48.1857。

④ 《知音》，48.1847。

⑤ 《抱朴子外篇·辞义》，40.395；又见《广譬》，39.388。

⑥ 见曹植《与杨祖德书》，《文选》，42.14a 及曹丕《论文》，《文选》，52.7b。

⑦ 见弗朗索瓦·马尔丹在本期中的文章，第21页。

⑧ 原文已佚，它探讨了天赋与性之间的四种主要关系——按钟会的观点，则是个性、差异性或分歧的汇聚——据刘孝标《世说新语》“文学·五”注。

学于社会和文化上的实践，展示出诸如忠实于自己（“自然”）等价值标准如何丰富了对人物的判断和评价，此外还加强了对气质和自然禀性具有无限复杂性的意识。

在文学批评方面，这一发展主要通过对已发表作品种种评价（常常是印象式而非说明性的）的推广来展现的，而这些评价往往以与作者气质相关的品质、癖好和和禀性的形式来进行。由于钟嵘的《诗品》更晚些才出现，《文心雕龙》可以视作有中国传统文论特色的第一部成熟批评著作[①]，而且，它力求为此（批评）奠定理论基础。于是《体性》篇总体上提出了一个由八种规范的风格形式构成的类型学来与作品实际的风格特质所具有的无限潜在变化相对照，而作品的这些风格特质依照作者的自然禀性而变化[②]。因此，批评家（作为读者而不是作品作者）具有的偏向性，被刘勰不仅作为趣味和主观倾向的问题而且作为气质或自然禀性的问题提出，我们就不会感觉太多的惊奇了。“慷慨者逆声而击节，蕴藉者见密而高蹈；浮慧者观绮而跃心，爱奇者闻诡而惊听。”[③]为描述在作品中发现符合自己气质或个人趣味的品质那种喜不自胜的情形使用的这种夸张，在我看来有别于某些人为抨击准知音的偏向而采用的批评调门。况且这一描述只是形容在“会己”的作品前的惊叹，而没有提到摒弃“异己”的作品。对恰当辨别作品第二个暗礁的揭示在承认作品与批评家之间的感应关系时就暂时让步了。而且似乎差不多在宣告刘勰也开始由篇首的“怊怅”转向对自己信念的热情声明。

不过，《知音》篇训教内容的展开，仍在为那些“东向而望，不见西墙”[④]的谬误提供解决的秘诀和处方。此前，刘勰仅限于向知音们提出品评美文的意见或决胜之法，即已有人提出的关于音乐或兵器的认知方法：

---

① 见弗朗索瓦·马尔丹在本期中的文章，第 22 页。

② 规范的分类向多种可能的实际形式的放开，应全部归因于性、认知、天赋和气质（《体性》，27.1022）。第一次系统阐述作家的气质与作品的品质之间关系的，见于曹丕的《论文》（《文选》，52.7b）。《文心雕龙》引用了桓谭和曹植关于文人依其癖好和品位而体势各异的论述（《定势》，30.1130；这些引语皆不可考）。

③ 《知音》，48.1847。

④ 《知音》，48.1847；形式上参自《淮南子·氾论》，13.439。又见《吕氏春秋·去尤》，13.128。

"操千曲而后晓声,观千剑而后识器"[①]。这种对艰苦练习与领域内广博知识的要求似乎已经约定俗成。而它很快便借由化用佛教术语以某种复苏的方式得到了强化（这是一种在六朝时颇为盛行的修辞方式，刘勰尤好此道）：要极大地扩展自己的参考素材，以便达到"圆照"。 而这里的圆照之说,不仅堪比菩萨的无所不知（种智）[②];甚而可敌"慧镜"的"鉴照洞明"[③]。不过,如果我没有理解错的话,刘勰大概并不试图将知音设定为一副独"醒"的姿态。佛教措辞的使用在此像通常那样只是一种夸张手法，借助于它，刘勰的指教显得雄心勃勃而且庄重。于是伴随这个指教有着更为普通的建议：准知音不仅负有锻炼自己眼光的责任，还需要约束自己的判断感：要"无私于轻重，不偏于憎爱"。这一次，指令表达得像是简单十足的自身努力，同时其方式是一种委婉的类比："阅乔岳以形培塿,酌沧波以喻畎浍。"[④]因此问题就在于通过对照各种极端来克服评判的相对性：有条理地克制最初的偏向，开放价值体系的所有可能性。

而且我们无疑可以从这些不同、相反和极端程度的对照中显示出的相对性逻辑里读出"知音"的定义，这个定义刘勰在后面像是附带地提出来:"见异唯知音耳。"[⑤]这句格言其实是在评论屈原的一句诗中提出的,那是这个文质协调的伟人的抱怨："文质疏内兮，众不知余之异采。"[⑥]这个格言因此打上了反对庸常趣味的义愤印记，这种义愤在《知音》中不断重现。然而，在发出根据"变"和"奇"，或者加上"阅乔岳"和"沧波"的标准观察作品的指令之后，这句箴言（即"见异唯知音耳"。——译者）回荡着积极得多的响声。

---

① 《知音》，48.1850。桓谭《新论》中的两段可能是这些典故的出处：第一个可能典自用嘴吹奏的成少伯；第二个典自军队将领王君大的事迹（《全后汉文》，15.116 及 15.5a）。

② 刘勰在一篇佛理文章中也使用了"圆照"一词,《梁建安王造剡山石城寺石像碑》，全文见［宋］孔延之《会稽掇英总集》，16.4a；或《艺文类聚》，76.1302。

③ 见《弘明集》序言开篇，僧人释僧祐（445—518）辑，刘勰皈依佛门后，即依从僧祐。据 Kozen Hiroshi（《〈文心雕龙〉与〈出三藏记集〉》，第 174—175 页），"圆照"一词在《知音篇》和《弘明集》序中的使用颇具可比 性；令人想到刘勰对那些恰切的理解的定义："照辞如镜。"

④ 《知音》，48.1852。

⑤ 《知音》，48.1859。

⑥ 《楚辞 · 九章》《楚辞 · 怀沙》。

作为令人高兴的结尾

批评家刘勰在这里完全赞同地援引了（如最常见的情形那样）屈原骄傲而自负的形象，但这一赞同不再是只建立在通常是怊怅与痛苦的姿态之上。因为假如刘勰是以（屈原）这个“特异”诗人的同谋而且有点精英主义的羡慕者身份出现的话，这是由于他也同样仿效了屈原的骄傲与自负。从这一赞同相当自然地产生出对真正“知音”会得到的愉悦的热情肯定：“深识鉴奥，必欢然内怿，譬春台之熙众人，乐饵之止过客。”[①]如此给予鉴赏愉悦的关注无疑与以下事实是一致的：理解作品、进入它们的“文情”原先是胜过依据确切标准评价作品的。在同一热情冲动中，刘勰给予狂喜的许诺，伴随着对美文及其公正评价的最终辩护：“盖闻兰为国香[②]，服媚弥芬；书亦国华，玩绎方美；知音君子，其垂意焉。”[③]

我们在此肯定能看到刘勰令人震动的希望：希望好作品不会不被公众和后代所知，同时也看到一种宣告，在全国范围内宣告纯文学的光荣，而且也是对批评家作用的最高肯定，如果没有批评家，公正地说，文学作品就不会那么美了。因此，文学家先在地应该尊重和感激优秀的知音（鉴赏者）。刘勰在《序志》中用完全暗示的方式向他们提出了同样的告诫，这时他是作为《文心雕龙》的作者在完成个人的信念告白，同时也在保证自己评判的独立性和公正性：“及其品列成文，有同乎旧谈者，非雷同也[④]，势自不可异也；有异乎前论者，非苟异也，理自不可同也。同之与异，不屑古今，擘肌分理，唯务折衷。”[⑤]刘勰在末句运用的这个类似外科手术的譬喻能更好地表述其义，且并不显得生硬：“擘肌分理，唯务折衷。”不过这是借用了张衡（78—139）《西京赋》中的典故，后者在

① 《知音》，48.1861。《老子》：“众人熙熙，如登春台。”又：“乐与饵，过客止。”

② 在后文所提的建言中，作品被视为“国花”。郑穆公（卒于前605）取名为“兰”，因为其母曾收到天使贻赠的兰花，并告之说：“以兰有国香，人服媚之。”（《左传》宣公三年）

③ 《知音》，48.1861。

④ 这是一处绝妙的用典，《礼记·曲礼上》：“毋剿说。毋雷同。”郑玄（127—200）注曰：“雷之发声，物无不同时应者。人之言，当各由已，不当然也。”

⑤ 《序志》，50.1933。

开头铺满了众多形象，以容纳该譬喻的全部内涵："若其五县游丽，辩论之士，街谈巷议，弹射臧否，剖析毫厘，擘肌分理。所好生毛羽，所恶成创痏。"[①] 这些文句囊括了一个颇为常见的复合体，以昭示"批评"、"评判"和"臧否"[②] 的功绩。如果说这些语句最初肯定没有描述出一个具有良好文学趣味的裁判、一个在世界上和文学史上制造声誉的人所拥有的全部力量，那么它们实际上向批评家提供了一个值得羡慕的榜样。尽管表达得不很明确，《文心雕龙》的作者大概乐于借用上述那样一个姿态：它向他赞扬的做法许诺成功，向他蔑视的做法预示耻辱。

于是刘勰在《知音》篇末为自己在篇首沉痛提出的一串问题提供了一个突破口和一个逆转。这就是让知音来做杰出天才的证明人和发现人，做杰作的美与其地位的催化剂或保证人——既通过身为读者品鉴时的愉悦，也通过身为批评家判断时的权威。起初的怊怅也为一种凯旋般的乐观情绪所遮蔽。观念的如此翻转是由于文章核心处陈述了给予准知音的劝告和指令才变得可能：文章开初的痛苦姿态于是就可以理解为对文章本身的辩护，它所提出的问题和方式是非常必要的，同时（开初的痛苦）也可以理解为《文心雕龙》全书合理性的证明。

刘勰的怊怅绝非是在他的论文整体所构建的批评事业眼看即将圆满完成之际谦虚地承认有失败或气馁的情绪。它应该说是一种对所有遭受不公正埋没作家的同情，这是同气相应的结果，而刘勰肯定遭受过这种误解，如果我们相信传记的话：他的文学天才只是在他作为佛教僧侣从事文论写作时才得到承认[③]，而且他的作品集应该很早就失传了[④]。而且，如果《知音》篇是明确题献给作者衷心召唤的"知音君子"的，那么《文心雕龙》则首要而且多方面地建构了一部好文学家的手册，正是面向他们（即"好文学家"），刘勰最后在此依然通过其同气相应的怊怅和作

---

① 《西京赋》，《文选》，2.14b。

② 在《文心雕龙》中，刘勰两度使用了俗语"剖析毫厘"（《体性》，27.1014及《丽辞》，35.1302）。

③ 其传见于《梁书》，50.712；其中还明确提到《文心雕龙》"未为时流所称"。

④ 仅《梁书》有记载，《南史》和《隋书》中均未提及这部著作。——这三部书均完成于7世纪上半叶。

为读者的热情、通过其情感的转移和作为批评家的意识大声地呼吁。

（辛苒译，高建为校改）

参考文献

一 原典类

1. 班固：《汉书》，北京：中华书局1962年版。
2. 杨明照：《抱朴子外篇校笺》（上下册），北京：中华书局1991年版。
3. 鬼谷子：《鬼谷子》，诸子集成补编，成都：四川人民出版社1997年版。
4. 孔延之：《会稽掇英总集》，四库全书，第1345卷。
5. 朱谦之：《老子校释》，北京：中华书局1984年版。
6. 《礼记正义》，《十三经注疏》，北京：中华书局1980年版。
7. 杨伯峻：《列子集释》，北京：中华书局1970年版。
8. 刘文典：《淮南鸿烈集》（上下册），新编诸子集成，北京：中华书局1989年版。
9. 詹锳：《文心雕龙义证》（三册），上海：上海古籍出版社1989年版。
10. 徐震堮：《世说新语校笺》（上下册），北京：中华书局1987年版。
11. 吕不韦：《吕氏春秋》，《诸子集成》，上海：上海书店1986年版。
12. 《毛诗正义》，《十三经注疏》，北京：中华书局1980年版。
13. 欧阳询：《艺文类聚》（上下册），上海：上海古籍出版社1985年版。
14. 《全后汉文》，《全上古三代秦汉三国六朝文》，北京：中华书局1991年版。
15. 释僧祐：《弘明集》，《大正大藏经》2102，第52册，第1a—96b页。
16. 萧统：《文选》（第一册），李善注，胡克家刻本，北京：中华书局1991年版。
17. 《荀子》，《诸子集成》，上海：上海书店1986年版。

18. 姚思廉:《梁书》(三册),北京:中华书局 1973 年版。
19. 钟嵘:《诗品》,何文焕编《历代诗话》,北京:中华书局 1981 年版。
20. 郭庆藩:《庄子集释》(四册),新编诸子集成,北京:中华书局 1989 年版。
21.《春秋左传正义》,《十三经注疏》,北京:中华书局 1980 年版。

二　论著类

1. 弗荷·博尔纳:《中国第一部诗学——钟嵘的〈诗品〉》(德文),多特蒙德:规划出版社,1995 年。
2. 高山広:《〈文心雕龙〉与〈诗品〉中文学观的对立》(日文),《吉川博士退休纪念中国文学文集》,1968 年,第 271—288 页。
3. 高山広:《〈文心雕龙〉与〈出三藏记集〉》(日文),东京大学人文科学研究所《中国中世宗教与文化》,1982 年,第 127—238 页。
4. 安娜－玛丽·劳拉:《刘劭特点论》(法文),巴黎:伽利马尔出版社,1997 年。
5. 华蕾立:《刘勰(465—521):文学家、俗家佛徒和文学评判者》(法文),法国国立东方语言文化学院博士学位论文,未出版,1998 年。
6. 桑德里·马尚:《文学中的自然——葛洪的〈抱朴子〉外篇中"才"的概念》(法文),巴黎第 7 大学博士学位论文,未出版,1995 年。
7. 弗朗索瓦·马尔丹:《中国上古与中古文选:创作的展开》(法文),《极东与极西》第 25 期,2003 年,第 13—38 页。

2005 年

1. 刘勰《文心雕龙》中形式的意义（摘要）

毕茉莉（Marie Bizais）

在这篇文章中，毕茉莉提出，既有的《文心雕龙》研究，可以大致分为三种类型：一、版本与文献的研究；二、关于刘勰的传记及其有影响的文学观念等文学史问题的研究；三、试图借此说明现代文学理论问题（创作、灵感、文体、风格、作品等）的研究。

毕茉莉的这篇文章意在讨论刘勰《文心雕龙》中的形式问题（即现代“体裁”“风格”的概念，刘勰称之为“体”或“文体”，包括文体、风格、文笔等），并着重将视角集中于书中的用典方式。毕茉莉从宏观和微观两个层面对此进行了深入的分析。

《文心雕龙》以骈文写成，除去其对偶性和语词的丰富瑰丽，这种文体还以大量用典闻名。毕茉莉首先从宏观上总结了《文心雕龙》中的五种用典方式：最少见的一种是作者直接指明的用典，这多是在一段论争中作为权威话语引用，以反驳或确证某种观点，往往以类似“古人云”的话语来引出；更普遍的用典方式则是引用名家的著作，这些引文通常会较长，以充分支持作者的观点；还有一种常见的方式是不引全文，只撷取相关性最强的部分；此外，还有化用原典思想的方式；最后，有一种用典方式是几乎脱离原文思想的，只是借用了原文的表达形式来阐述自己的观点。毕茉莉认为，刘勰的用典并不止于在文中重述先贤的观点，而更要借其语词来为己所用，表达自己的思想。

毕茉莉着重分析了《熔裁》篇中一则对《庄子·骈拇》篇的用典。《熔裁》篇以一段总括全文题旨的文字开篇，这种写法在后半部《文心雕龙》中十分常见。接着，刘勰定义了何谓“熔”（“规范本体谓之熔”）和“裁”（“剪截浮词谓之裁”），并以园丁对花木的“檃括”“矫揉”工作作比。之后，刘勰在“骈拇枝指，由侈于性；附赘悬疣，实侈于形。一意两出，义之骈枝也；同辞重句，文之疣赘也”中，指出这种文辞上的骈拇、悬疣是文弊，理当"裁"之。这里刘勰借用了《骈拇》篇中的典故："骈拇枝指，出乎性哉，而侈于德；附赘县疣，出乎形哉，而侈于性。"这一用典乍看之下是离题的：庄子的原意是勿要改变事物的本初状态。《骈拇》原文中，庄子认为骈拇、悬疣的生成也是合乎本性的，无须刻意将其分开或是去除。庄子颂扬本然的生命和合乎天性的力量，他希望人们听从自己的意愿，而不要盲从他人和他人的教义。

毕茉莉认为，刘勰的思想其实在深层上与庄子是相通的。"熔"是就作品的"本体"，即组成文章架构的思想观点而言的；"裁"则是就作品的文采与表现方式而言的。但在刘勰那里，二者是统一的：语词不仅是观念的表现形式，两者存在深层的互动。内容关系到形式的选择，写作是作家思想观念的反映，是其内在性的一面镜子。无疑，刘勰直截了当地指出了"赘疣"的存在妨碍了作品的和谐，而要令文章有恰当的表达形式，必须以"三准"的方式对其进行"熔裁"。

"熔"和"裁"是基于创作不同阶段的两种类型的工作。首先，创作以"熔"开始，即在写作的初始阶段，根据文意来选择题材，搭起架构，让文章粗具雏形；其次，以"裁"的方式，剪截浮词，润色琢磨，突显文意，方能获得一篇佳作。《熔裁》对《庄子》典故的化用也同样获得了这种微妙的和谐。事实上，《骈拇》篇已经让我们在手指与赘疣之间获取了平衡，而"性"与"形"之间同样有其平衡关系。《熔裁》篇也由此展现出一些对立而和谐的二元结构：熔 / 裁、手指 / 赘疣、观念与思想 / 表现形式，等等。

不过，毕茉莉最后也同样指出，刘勰与庄子于这种思想的共通中仍存在裂隙：既然作者可以干涉自己的文辞以避免骈赘，人们为何不能同样对待自己的身体呢？

（辛苒摘译，高建为校改）

五　2001—2005 年度中国文学研究著作索引

2001 年

1. Nicolas Chapuis（郁白）著，《悲秋——中国古代的身份认同诗学》（*Tristes Automnes. Poétique de l'identité dans la Chine ancienne*），巴黎：友丰书店（Librairie You-Feng, Paris），2001 年。
2. Annie Curien（安妮·居里安）、Jin Siyan（金丝燕）主编，《中国文学：过去与当代写作，作家与汉学家的互视》（*Littérature chinoise: le passé et l'écriture contemporaine, regards croisés d'écrivains er de sinologues*），巴黎：人的科学之家出版社（Editions de la Maison des sciences de l'homme, Paris），2001 年。
3. （Jacques Dars，1941–2010）（谭霞客）、Chan Hing-Ho（陈庆浩）著，《如何阅读中国小说》（*Comment lire un roman chinois*），阿尔勒：比基耶出版社（Editions P. Picquier, Arles），2001 年。
4. Phillippe Postel（菲利普·波斯泰尔）著，《维克多·谢阁兰和中国雕塑：考古学和诗学》（*Victor Segalen et la Statuaire Chinoise: Archéologie et Poétique*），巴黎：奥诺雷·尚皮庸出版社（Honoré Champion Editeur, Paris），2001 年。
5. Ferdinand Stoces（费迪南·斯托斯）著，《天当被，地当枕：李白的生平与作品》（*Le Ciel pour couverture, la Terre pour oreiller: la vie et l'oeuvre de Li Po*），阿尔勒：比基耶出版社（Editions P. Picquier, Arles），2001 年。

2002 年

1. Alain Arrault（华澜）著，《邵雍（1002—1077），诗人和宇宙学者》（*Shao Yong（1002–1077）, poète et cosmologue*），巴黎：高等汉学研究学院（Institut des hautes études chinoises, Paris），2002 年。
2. Noël Dutrait（诺埃尔·杜特莱）著，《中国当代文学爱好者使用的简明指南，1976—2001》（*Petit précis à l'usage de l'amateur de littérature chinoise contemporaine, 1976–2001*），阿尔勒：比基耶出版社（Editions P. Picquier, Arles），2002 年。
3. Gregory B. Lee（利大英）著，《中国与西方幽灵：诗学争论、现代性与杂交》（*La Chine et le spectre de l'Occident: contestation poétique, modernité et métissage*），巴黎：西莱普斯出版社（Editions Syllepse, Paris），2002 年。

2003 年

1. Darras, Isild（伊丝尔德·达拉斯）著，《当代中国诗人》（*Poètes chinois d'aujourd'hui*），Catherine Vignal（卡特琳·维尼亚尔）序，巴黎：拉尔玛唐出版社（Editions L'Harmattan, Paris），2003 年。
2. Joël Cornuault（若埃尔·科尔诺）著，《武陵怀旧：解读李清照词》[*Nostalgie de Wou-ling: une lecture de Li Ts'ing-tchao*（*Li Qingzhao, 1084–1151*）]，波尔多：P. 迈纳尔出版社（Editeur P. Mainard, Bordeaux），2003 年。
3. Noël Dutrait（诺埃尔·杜特莱）、Galibert Thierry（蒂埃里·加利贝尔）主编，《关于高行健：为了另一种现代性的伦理和美学》（*Autour de Gao Xingjian: éthique et esthétique pour une autre modernité*），热麦诺斯：拉尔加尼耶出版社（L'Arganier, Gémenos），2003 年。

4. François Jullien（弗朗索瓦·于连）著，《讽喻价值：中国传统中诗意解释的原初分类（促进跨文化思考）》[*La Valeur allusive: des catégories originales de l'interprétation poétique dans la tradition chinoise*（*contribution à une réflexion interculturelle*）]，巴黎：法国大学出版社（PUF, Paris），2003 年。
5. Zhang Yinde（张寅德）著，《20 世纪中国小说世界：现代性与身份认同》（*Le Monde romanesque chinois au xxe siècle: modernités et identités*），巴黎：奥诺雷·尚皮庸出版社（Editions Honoré Champion, Paris），2003 年。

2004 年

1. Bresner, Lisa（丽莎·布雷斯纳）著，《忧愁的力量：中华帝国黎明时的巫者、诗人和君主》（*Pouvoirs de la mélancolie: chamans, poètes et souverains à l'aube de la Chine impériale*），巴黎：阿尔班·米歇尔出版公司（Editions Albin Michel, Paris），2004 年。
2. Annie Curien（安妮·居里安）主编，《当前写作：法中文学论争》（*Ecrire au présent: débats littéraires franco-chinois*）巴黎：人的科学之家出版社（Editions de la Maison des sciences de l'homme, Paris），2004 年。
3. Annie Curien（安妮·居里安）主编，《两仪文舍：法中文学对话》（*Alibi: Dialogue littéraire franco-chinois*），巴黎：人的科学之家出版社（Editions de la Maison des sciences de l'homme, Paris），2004 年。
4. Francois Jullien（弗朗索瓦·于连）著，《经与纬——论中国文本的规定性、虚构性和秩序》（*La Chaîne et la trame–Du canonique, de l'imaginaire et de l'ordre du texte en Chine*），巴黎：法国大学出版社（Universitaires de France, Paris），2004 年。
5. Jacques Pimpaneau（班文干）著，《中国：文学的历史》（*Chine: histoire de la littérature*）（新修订版），阿尔勒：比基耶出版社

（P. Picquier, Arles），2004 年。

6. Zhang Yinde（张寅德）著,《中国文学史》（*Histoire de la littérature chinoise*），巴黎：椭圆出版社（Ellipses, Paris），2004 年。

2005 年

Jin Siyan（金丝燕）著,《中国当代文学中的主观书写：变成“我”》（*L'écriture subjective dans la littérature chinoise contemporaine: devenir «je»*），巴黎：迈若奈夫和拉罗兹出版社（Editions Maisonneuve et Larose: Espace du temps présent, Paris），2005 年。

六　2001—2005年度中国文学研究重要著作内容简介

2001年

1. 中国文学：过去与当代写作，作家与汉学家的互视

Annie Curien（安妮·居里安）、金丝燕 主编

本书是一部论文集。在技术、媒体思维模式和全球化的大肆蔓延中，当代文学是不是要走向灭亡了？今天的中国文学和它的主角——作家——怎样看待这一情况？当代中国文学的专家——研究员、大学教师、翻译家怎样勾勒这一发展的前景？作家们怎样看待他们的过去？这些年通过译本，人们对外国文学的认识发展了，这又会引发他们怎样的思考？中国作家和生活在法国用法语写作的小说家之间的对话又是怎样进行的？本书正是在探讨这些问题的过程中产生的。

中国的文学，至少是中国大陆的文学，正在书写着一页有着非凡活力的历史，这从整个20世纪来看，都是崭新的一页。事实上20年来，逐渐变得丰富起来的文学生产有规律地推出作品，许多作品或者是因为其从前未经探索的内容，或者是因为其展示的叙述形式和审美形式受到人们的注意。借助这些作品的多种译本，法国的文学爱好者才能知晓“中国表达方式”这一范围广阔的运动。中国文学，即便说它经历着一个有着巨大活力的时期，也得说它是从零重新开始的。对历史、文化、文学之过去的思考，就像文学汉语加工的进展一样，在此之前都曾遭遇封锁和冻结。这一封闭状态的建立和持续都是在党的最强硬的意识形态路线压力之下发生的，尤其是在“文化大革命”期

间，它以一种可怕的极端形式进行。黑暗的十年（1966—1976）中，人们在一场仇恨与摒弃的运动中一方面聚集起了对过去和中国传统的亲近，另一方面也聚集起了接触外国的愿望。但是，事实上，排斥不同意见，表现为拒绝回忆和拒绝思考过去，这一现象可以回溯到中国历史上更早的时期。例如 20 世纪初，如果说 1919 年的"五四运动"引起了在西方批判思想影响下的新观念精神的觉醒，那么它也造成了有时非常破坏传统的潮流。中华千年文明的遗产曾经遭遇到的远不止是粗暴对待。

在文学领域，这些极端态度的影响在很长时期里让人能感觉到。随着后毛泽东时代中国改革开放政策的实施，20 年来，文学开始积聚起一段足够重要的时间（虽然其间仍不时有政治和意识形态的压制浪潮）——这 20 年足够让作家有场地来大踏步地前进，他们中的一些人利用这段时间，随着作品的产生，形成了一种世界的眼光和独具的表达方式。换句话说，文学个性诞生了。这一个性不是在排外、否定的精神中形成，相反，是在一种理智的怀着好奇与兴趣的态度中发展起来的：作家不仅渴望考虑他们出身其中的中国古代文化，也急盼了解今后将构成他们环境的外国文学和世界重要争论的声音，因为在中国出版的众多外国文学作品译本，伴随着，有时甚至是刺激了最近 20 年来中国文学的复苏。另外，那些其作品被翻译成世界各主要语言（法语、意大利语、英语、日语、韩语、荷兰语、瑞典语、西班牙语……）的中国作家被邀请到外国去，在那里会见了自己作品的外国读者，以及外国作家和知识分子。

在本书中表达想法的中国作家说了些什么呢？他们都以这样或那样的方式肯定，正是依靠属于自己的中国式的表达笔法，自然首先是利用和发展汉语的资源，他们才能够参与世界文化和文学方面的对话。正是这样，不同文化作者之间的交流，对文学、语言不同笔调的思考，才会是丰富多彩、卓有成效的。

2000 年 3 月 9—10 日，一场名为"中国文学：过去与当代文学的联系"聚集了诸多中国作家和法国汉学家参加的学术研讨会在法国国家图书馆召开[①]。这次研讨会之后又接着一场主题为“当今社会作家的地位”的有着众多中国作家和法语作家参与的圆桌会议[②]。这些活动期间的报告经过审读、修改和翻译，结构经过重新调整，发言的顺序做了改动。这一长时间工作的成果就是目前这部著作[③]。

理解今日中国作家对中国文化思考的再适应之原因，更普遍地看，讨论当代写作中与历史和过去的联系，确定自己作为作家与社会及世界的关系：这些就是本书中中国作家面对的几个主要问题。这些作家来自中国内地、香港，或者已离开中国定居在法国或美国，还有一些法国作家。主导这些研究的想法围绕两个轴心连接起来。

这些研究的首要目标是展示在当代中国文学的写作实践和它与过去的关系这些问题上形形色色的观点及其补充看法。中国作家、研究中国当代文学的汉学专家以及从事比较文学研究的大学教师们的分析提交出来。法国作家们形成的一些概念，除了它们展现出的认识这些法国作者思想的兴趣外，也引起了与中国作家的对话：这些概念提供了令人兴奋的个人观点，有时相当接近，主动的或者回应的，出自不同的环境，当然只能是就历史和语言而言的。

其次，这些研究的意图是让这些观点相交叉。大学教师们的发言说明、完善、区分或者批评了中国作家形成的某些方法。同样，中国作家

---

① 会议由让－皮埃尔·安格勒米（Jean-Pierre Angremy）发起，由法国国家图书馆主办，每场的主席分别是：巴黎七大教授巴迪（Paul Bady）、巴黎四大教授伊夫·谢弗莱尔（Yves Chevrel）、法国国家东方语言文化学院教授戴思博（Catherine Despeux）。感谢口译人员 Liu Yunyun（音译：刘芸芸）、Jean Rahman Duval（让·拉赫曼·迪瓦尔）、黄迅余（Emilie Huang）和翻译公司的工作。关于中国人种学的两部电影资料被分享：法国国家科学研究院汉学家玛丽－克莱尔·郭－基克麦尔（Marie-Claire Kuo-Quiquemelle）的《学生之路》（*Le Chemin des écoliers*）和人种学家兼汉学家范华（Patrice Fava）的《客家话，本来的中国人》（*Hakka, les Chinois tels qu'en eux-memes*）。（原注）

② 热拉尔·默达尔（Gérard Meudal）主持了圆桌会议。中国作家与法国作家的这次会面实际上是此类会议的第二次召开，1994 年中国作家和法国作家曾在北京聚在一起。会议的成果是一部著作：《中国的文学——中国小说家和法国小说家的会面》，由安妮·居里安女士（Annie Curien）主编，巴黎中国蓝出版社（Bleu de Chine, Paris）1996 年出版。（原注）

③ 《新法兰西评论》（*NRF*）在其 2001 年 10 月出版的第 559 期发表了名为《中国写作》的档案材料，由参加 2000 年 3 月 9—10 日会议的一些中国作家的发言组成。这期刊物也包含一些中国作家的作品。（原注）

和法国作家的发言也对大学教师的观点做了说明、完善、区分和批评，同时他们也互相表达自己的观点，互相交谈，互相倾听。产生于中国作者和法国作者之间的这一紧张而鼓舞人心的对话将会持续下去。讨论会期间，由于时间不够，发言者之间的讨论未能在报告结束后真正地延长。然而不少听众向作者们提出了问题，期望在某些题目上得到回答或者说明。读者们创造了一个具有潜在重要性的大众，他们为当代文学带来了新的眼光，特别是为中国当代文学，但在这种情况下也为法国文学带来了新眼光。

本书内容围绕五章组织起来。第一章《文学创作的二十年》，第二章《文化遗产》，第三章《文学写作》，第四章《当前的问题》，第五章《作家和社会》。五章之后有一个对学生、研究者或中国文学爱好者在用法语阅读时研究书名或作者名有用的文献：傅杰和克里斯蒂娜·托姆斯（Christine Thomes）列出了一个法国出版的中国文学作品译本目录。

（赵红妹编译，高建为校改）

2. 维克多·谢阁兰和中国雕塑：考古学和诗学

Phillippe Postel（菲利普·波斯泰尔）著

本书研究的是谢阁兰的著作《中国——伟大的雕塑术》。作者认为，首先有必要消除关于他所参考的文本之确切性质的一种误解：即认为这本书的未完成状态导致它以《中国——伟大的雕塑术》为题出版的文本事实上只代表国家图书馆所藏同标题手稿的一部分。首先，《中国——伟大的雕塑术》确实是未完成状态。原稿包括三册。第一册（共248页）包括前言，然后是自汉至北魏（前206—534）的中国雕塑。第二册（共209页）给出了一个相当复杂的结构，其中能分辨出4部分：首先，谢阁兰将自己的研究追溯到明代（至1644年）；然后在第二册的第81页，他突然中断了自己的研究，就是为了插进他命名为“中国坟墓舞蹈术”的一段发挥：这段发挥不再单独地观察雕像，而是像描写雕像术的那几章，整体而贯穿性地把从汉至明的各个朝代都放了进来；这个文本结束于对清代（Ts’ing，1644—1911）的研究，而这是第二册的第三部分；

第二册的剩余部分是名为“起源”的一个文本。第三册比前面两册简短一些（共77页），是“序言”和最前面两章的重写。除了正文之外，原稿还包含了与之相关的以阅读笔记形式出现的丰富的文献资料，此外还有很多段落，这些段落谢阁兰或是打算重写，或是打算移动，或是打算压缩，这是手稿中的方括号及作者在边缘留下的批语让人想到的。这些无疑都表明这部作品像谢阁兰的大多数遗著一样处于未完成状态。

如果说该书明显地未完成，由于谢阁兰在手稿里给出了许多指示，因而人们可以相当准确地确定完成后书的构成。事实上就这个问题人们可以提出一系列的假设。安妮－若莉·塞加朗（谢阁兰的女儿）在她为父亲《中国雕塑术的起源》一书写的序言中，提出一个三部分的框架结构：

> 作品计划写三部分：第一部分，研究自汉朝开国皇帝至中华帝国衰落（前200—1911）期间中国雕塑的历史。然后他加入一章，其中把墓地雕像纳入一个题为“中国坟墓舞蹈术”的整体中。最后在第三部分，他要追溯历史：重新回顾他研究开始时的汉朝的历史，然后回到前面一个朝代，伟大的秦始皇统治的朝代，最后转到更早的朝代即夏朝那些传说中的皇帝。

该书于是展现了在时间顺序上相逆的两个部分：第一部分遵循时间的接续顺序，第二部分却逆时间追溯；在这两部分的中间放入一个名为“中国坟墓舞蹈术”的文本。这一结构部分地是1917年4月9日谢阁兰在南京撰写《计划·方案·纲要》时想到的。然而应该做一个矫正：那时谢阁兰还不曾想写《中国坟墓舞蹈术》，可以看出这一发挥的部分曾被构思为单独的一本书，名为《中国宫廷舞蹈术》，它不是写雕塑学，而是要写建筑学。只是在编辑的时候，也就是最后的时刻，谢阁兰才写了这个文本，让其在《中国坟墓舞蹈术》的题目下以某种方式适合雕塑学。因此这本书在1917年4月时构思为两个部分的：按照谢阁兰的构想，它是顺朝代而下“直到明朝的制作；为了迅速回溯到秦始皇的奇思怪想，其中那些未完成的发明将结束叙述”。确实，谢阁兰要把研究推进到第一个皇帝秦始皇的奇思怪想之外，他要尝试一直回溯到传说中的夏朝；同样，末了他将为最后的王朝清朝写一个短短的文本，但仍旧保持两个部分的总体结构。

参考谢阁兰 1918 年春回到巴黎后似乎真正确定的作品计划，可能更好确定这个结构。《中国——伟大的雕塑术》分为四个不同的部分。前三部分是和只由两部分组成的版本的第一部分相对应的，涵盖了三个“雕塑时代”，汉、梁、唐：“第一个时代：汉”，“第二个时代：梁”，“第三个时代：唐，然后是衰落”。最后一部分用了一个不确切的称号来标明时代：第四个时代：未知，周朝古老的、祖传的雕塑术，楚……紧接着，谢阁兰找到了“起源”这个标题来标明这一部分。人们再次注意到《中国坟墓舞蹈术》这个文本没有出现在计划里。这就肯定了一个假设，《中国坟墓舞蹈术》是未预先考虑的，一定程度上是谢阁兰在编写“明”这一章的时候自发式地写出来的。因此，如果把《中国坟墓舞蹈术》这个文本放一边——可以说它是闯进此书的——谢阁兰在 1918 年 3 月构思的著作结构就相对清楚了。要识别出两个运动。第一个运动：“下降”，顺着朝代线索，从汉至清；它分为三个时期：汉，梁和唐；这第一个时间与以《中国——伟大的雕塑术》作为书名出版的作品相对应。第二个运动是“上升”，顺着朝代的线索回溯至夏：与之相关的是名为《中国雕塑术起源》的文本。

此外，如果被界定的著作应该被理解为是谢阁兰宏大评论计划的第一个阶段，这个巨大的计划已经在他的手稿里列出了主要的组成部分。在手稿的开头部分中，谢阁兰其实是建立了一个不少于七章的计划，《中国——伟大的雕塑术》只不过是其中的第一个组成部分。继中国石头的历史后应该是《毛笔（主要是书法和绘画）的伟大艺术》，然后是《火的艺术（瓷器、景泰蓝和硬石）》，接下来的几章分别是关于丝毛织物的，关于冶金、制蜡的，还有一章是写《伟大的汁液（漆）》的；谢阁兰应该很可能以探究炼丹术的领域来结束以《伟大作品》为题、研究中国各种形式历史的著作。谢阁兰在《第一手稿》的末尾把计划减为只有三个时期（temps）：《伟大的雕塑术》、《伟大的毛笔艺术》和《青铜艺术》。实际上这关系到谢阁兰的一个新计划，他是这样谈到该计划的：“一个包含若干卷《中国古代艺术史》的以英文撰写的美国版书籍。”在第二手稿的末尾，谢阁兰提及中国艺术史还要加入新的关于建筑艺术的一章。事实上，他注明“存在其他艺术材料：砖、木头和瓦”，他还勾勒出一个题目《中国宫廷舞蹈术》。这样，谢阁兰雄心勃勃地想在这部宏伟壮观的作品中囊括全部中国艺术。

谢阁兰的事业首先包含一种文学尺度：除内容（的文学性）之外，谢阁兰瞄准的是一种风格。重读《中国——伟大的雕塑术》的开头语句时，可以发现在玩味“材料”这个词的意义时，谢阁兰暗示出一种转换的想法，即从雕塑转换到书本，从石头转换到纸张：“这本书的材料是中国的石头。”在这第一句话里，可以听到蒙田《随笔集》开头“致读者词”的回响。蒙田说的是“因此，读者，我自己就是我这本书的材料”。这些可以证明，谢阁兰一开始就把他的著作纳入一种写作风格中，这种风格就是在对雕像的描述之外，甚至在“想象博物馆”的建立之外，要建构一个内在的探索或征服。和谢阁兰其他的著作一样，《中国——伟大的雕塑术》既是写作风格的探寻，也是其练习，通过这一写作风格作家成熟了。

在《中国——伟大的雕塑术》中我们可以发现一条谢阁兰的诗学之路，它可以用《起源》中这个著名的句子来概括：“人们总是做远途旅行，其实只是在自己内心深处漫游。”（第二册，第 880 页）当然，这个句子其实在上下文语境中有它确切的含义：它是用来指毕达哥拉斯（Pythagore）关于乐音理论的发现，它本身的含义为：人们认为毕达哥拉斯为收集乐音理论去远方（印度）旅行了一趟，而他只是自己发展了一种逻辑推理。然而可以给这个句子一个更广泛的含义，特别是从中看到一种方法的界定，这个方法不仅主导了《中国——伟大的雕塑术》的起草，也主导了谢阁兰的全部著作。其实谢阁兰的全部著作似乎遵循一个从他者到自身的“转移”（transfert）诗学，或者更确切地说一个“交换”（échange）、“过渡”（passage）诗学：谢阁兰在《中国——伟大的雕塑术》中，像在其他作品中一样，是一个从旁经过的诗人。

《中国——伟大的雕塑术》所代表的文学事业是以特殊的方法界定自己的：它主要是要构建一部评论著作。从现在起把属于艺术批评类型的文本同其他三种类型与其明显相关的写作分开可能是好事。艺术批评首先应该与谢阁兰在中国土地上完成的三次旅行时所做的准备性笔记区分开：1909 年的探险事业产生了《砖与瓦》的草稿;《路上的叶子》与 1914 年和 1917 年的两次出差任务相联系。虽然这些笔记内容非常丰富，但却不能要求有严格意义上的文学成分；它们首先是作为谢阁兰文学写作练习的支撑材料而构思的；因此它们常常是构成了谢阁兰未来著作的前文本；它们也往往成为未来作品的前言，不仅仅是评论作品《中国——伟大的雕塑术》，也是诗歌作品（如《碑》或《出征》）的前文本。艺术批评也不同于谢阁兰的诗歌作品。当然，《绘画》或《碑》作为一方跟作为另一方的《中国——伟大的雕塑术》存在某种同源关系，但一种本质上的不同仍然能把这两种写作形式分开：诗歌作品最终要摆脱它的外部参考，而这个外部参考本来是它汲取的源泉。米里埃尔·德特里（Muriel Detrie）在自己研究谢阁兰《绘画》的博士学位论文中，坚持认为谢阁兰作品的特点是自主性，与那种“沙龙文学”相反，沙龙文学与自我构建时借助的外部参考保持着某种方式的联系。但是，与《绘画》不同的是，《中国——伟大的雕塑术》——只是在其故意展示表现雕像的照片时是这样的——确实是通过参照外在世界才成立的。然而，批评著作并不是现实的汇报，因为那样它就会与科学类型的写作混淆了。事实上，应该把谢阁兰致力于在现实秩序中建立严格真实的文本——如那些发表在《亚洲报》上的文章和其他好多文章——同谢阁兰视为完整创作的批评性作品彻底区分开来。他不是指出《中国——伟大的雕塑术》是一部观点作品（第二册，第 799 页）吗？艺术批评最终是一个试图做到最少模糊性的类型：它和科学作品一样与现实有关，但是，像诗歌话语一样，除了对现实简单的推理性描述之外，它还致力于解释自己的观点。

《中国——伟大的雕塑术》因此是作为一部完全独特的文学作品呈现的：如果它把自己纳入艺术批评的确定类型，就因此离不开专属于创造性作品的“文学空间”了。本书通过追踪三个连续的时期（temps），努力证实这一命题。最初谢阁兰投入到完全属于汉学的学习中去，他以师傅沙畹（Edouard Chavannes）为榜样，收集了大量文献并到实地去证实他的假设。于是他完成了一件科学工作，这一工作成为法国汉学史上最初取得的进展之一。这一科学工作的重点应该是谢阁兰在1914年和1917年领导完成的任务报告。然而当谢阁兰应该从实地考察转到科学类型写作的时候，可以说，在汉学报告这种限制性特别强的类型中，他感到"局促"。科学事业最终为文学事业服务了；考古学的探寻在批评性写作的征服中得到解释：为了重建他为中国纪念性建筑设想的独特观念，谢阁兰被引向最终发现合适的评论性写作。最后，本书将要在重建一种审美过程的同时，透过其全部复杂性来解释谢阁兰关于中国雕塑的观念：为此本书作者将会提到几个不同的阶段，这些阶段并非让谢阁兰掌握了中国艺术，而是让他在倾听中国艺术时，探索了一个内在的领域。

（赵红妹编译，高建为校改）

2002年

《中国当代文学爱好者使用的简明指南，1976—2001》

Noël Dutrait（诺埃尔·杜特莱）著

本书作者认为：不同于在20世纪下半叶刚完成其大发展的日本文学或拉美文学，当代中国文学实际上直到20世纪80年代初在西方的书店和图书馆都处于缺席状态。中国的政治形势是造成这一局面的原因。1966—1976年的"文化大革命"，使得中国作家除了歌颂伟大的领袖外，没有表达自己内心真正思想的任何可能。1976年毛泽东的逝世对中国文学的复兴有着决定性的影响。与此同时，在西方，中国研究的发展使得致力于让反映70年代末以来中国翻天覆地变化的新文学被认识的研究者和翻译家渐成气候。在那些青年或中青年作家笔下诞生的强有力的、原创的作品，其灵感来源于国家的现实，但同时也受到在欧洲、日本和拉美进行的形式研究的影响。

近20年来，大量的中文中长篇小说被翻译成法语；从20世纪90年代中期开始，随着法国大众对中国的艺术与文学尤其是电影的痴迷——张艺谋、陈凯歌、姜文、侯孝贤、王家卫等的电影征服了无数的电影爱好者，这种翻译的速度加快了。2000年诺贝尔文学奖授予了第一个获此殊荣的汉语作家高行健，这使法国人痴迷中国文学艺术的现象更加扩展。

和中国每年几百部文学作品出版的数量相比，法译本的数量还是十分有限的，但在翻译之前翻译家和出版人做的选择使法国读者有希望得到高质量的作品，或者至少它们将在中国文学中受到注意。爱好者接触中国文学的方式一般是在书店闲逛时看到拿来翻翻，或者在图书馆已有的藏书里借些来看看，或者是看报刊上的评论文章。但是要想找到自“文化大革命”以来繁荣发展的各运动、各流派的标记，或者仅仅是作家的信息，那就有点资源匮乏了。研究很少，尤其是关于最近时期的。专门刊物上的文章当然多些，但是并不是每个人都能很容易就找来查阅的。

中文小说的生产绝不是只在中国大陆才有——按最初出现地来看，它在中国香港、台湾以及世界其他地区如东南亚、美国和欧洲都有所发展，尤其是自 1989 年大量知识分子外流以来。这种流浪者的文学在西方显得像穷亲戚：关于这些作品的研究在法国几乎是不存在的，只有少量译本可以找到，尽管出版人对这类作品开始有兴趣了。

本书不打算详尽透彻地分析自 1976 年毛泽东逝世以来所有的文学作品。它主要希望让法语地区的读者了解一下情况：一部小说、一首诗或一部戏剧是在怎样的情况下被创作出来的；介绍一下作者，给它们在中国文学史上定位一下，有时也说明一下作品在中国和在法语地区是如何被接受的。而且，考虑到非汉语地区的读者没有机会接触到原著，本书优先选择了一些已经有法语译本的作品加以介绍，同时指出某些没有被介绍但又值得读的作品。这样的选择原则当然会有疏漏的危险，因为这样有可能使得在中国文学界很有影响的作家，只因为他的作品没被翻译过来就被忽略，而我们却把优先权给了一些因其作品在国外有译本而取得成功的作家。让人通过西方批评的棱镜来考虑中国人在其文学中的形象，其真正危险是给予一种通过变形方式取得的形象。所以我们每次都努力尽可能地拿欧洲的文学评价与当前中国或中华各地（«Les Chines»）的评价相对照。近期中国关于中国当代文学的研究常常显示：作家在国外赢得成功只会使他在自己国家的成功更进一步，即使他已经离开祖国。

从刚刚过去的这 25 年来看，自 1976 年毛泽东去世至今，如中国社会在众多领域发生的深刻变化一样，中国的文学生活取得了飞速发展。

从朦胧诗到新现实主义小说，从“伤痕文学”到后现代主义写作，从港台的武侠小说到中国大陆的新女性文学，文学创作贯穿了众多流派。本书引言中对 1949—1976 年文艺界历史事实的简短回顾，将会给读者一个阿里阿德涅[①]的线头，引导他们在迷宫中行走。

本书作者兼译者的个人趣味自然会影响到他所做的选择，他表示接受争论和批评。作者唯一的愿望是让人产生认识和更好理解中国文学的渴望，而他认为中国文学来自一个奇妙的传统并且正在世界文学的大合唱中取得自己的地位。

（赵红妹编译，高建为校改）

2004 年

1. 当前写作：法中文学论争

Annie Curien（安妮·居里安）主编

本书是一个文集。为什么和怎样写作？进入中国文学并揭示法语作家的观念，同时思考我们这个时代写作的原因，这是这本书的目标所在。本书编者认为，事实上汉语作家和法语作家还有中国文学专家的交叉点，为长远地思考这些问题提供了动力。

在本书收集这些讨论之前还有一段简短的历史。1994 年在北京中法小说家之间以提问形式进行了关于当代写作的第一次交流[②]。

---

① 在古希腊神话中，Ariane（阿里阿德涅）是克里特（Crète）国王弥诺斯（Minos）的长女。国王养了一头怪物，每年要吃七对童男童女。雅典王子忒修斯（Thésée）决心到岛上的迷宫里除掉怪物，在进迷宫前，他偶遇阿里阿德涅公主，公主爱上了他，交给他一个线团，让他将一端放在迷宫外，一端拿在手中，以免迷路。忒修斯杀死怪物后顺线索安然走出迷宫。所以“阿里阿德涅的线头”（le fil d’Ariane）用来比喻“能解决复杂问题的方法”。（译者）

② 这次会议有一个出版物《中国的文学：中国小说家和法国小说家的会面》（安妮·居里安主编），中国蓝出版社（Bleu de Chine）1996 年版。（原注）

接下来 2000 年[①] 和 2001 年[②] 两次在巴黎的法国国家图书馆召开的学术讨论会汇集了中法文学界的重要活动家。最后，自 2002 年起，正好“人的科学之家（基金会）”（La maison des sciences de l’homme）内部在阿利比（Alibi）（意译为“两仪文舍”，这是法国汉学家安妮·居里安所主持的一个法中当代文学交流的项目，法文全名为 Atelier Litteraire Bipolaire，简称 Alibi，直译为“两极文学工作室”。——编译者）项目的框架之下组织了一个创作工坊，双方对话就利用这个机会争取走向深入[③]。

目前这个著作的来源是法中文学论争诸多阶段的第一个阶段——目的是让人了解 2001 年的法中文学聚会。自会议召开以后，本书做了改动。这次出版做出了一个选择，把原先按题目分开的方式放在一边，优先考虑发言者建议思考的基本方面是什么。本书的线索是围绕三个轴连接的。第一个领域由作家的经验构成。第二个领域是重组阅读部分，分别由作家、大学教师或研究人员指导。最后提出了一个批评思考的平台，在其中某些文学批评或文化批评的概念被考虑、讨论，或受到质疑。

第一部分——《作家经历》——提供了一个过程，由城市的解读：菲利普·福雷（Philippe Forest）、热纳维耶芙·布里扎克（Geneviere Brisac）、雅克·儒埃（Jacques Jouet），到时间的追问：奥利维耶·罗兰

---

① 这次会议的成果是《中国文学：过去与当代写作，作家与汉学家的互视》，安妮·居里安、金丝燕主编，人的科学之家出版社（Ediitions de la Maison des sciences de l'homme）2001 年出版，该书收录了 2000 年 3 月学术研讨会上提交的论文。（原注）

② 2001 年 12 月 13—14 日在法国国家图书馆召开的这次名为“法中文学的相遇：当今可以如何观照现代性?”（Rencontres littéraires franco-chinoises [Images animées]. Comment la modernité peut-elle s'envisager aujourd'hui ?）的学术研讨会聚集了众多的汉语作家和法语作家。各场分会的主席分别是格里耶（Thierry Grillet 法国国家图书馆文化推广部主任）、米歇尔·马里昂（Michel Marian）、亨利·梅肖尼克（Henri Meschonnic）和让 – 巴蒂斯特·巴哈（Jean-Baptiste Para）。整个大会由格里耶和安妮·居里安共同组织。我向口译人员黄迅余、Jean Rahman Duval 和 Angela Yin-Goniak 表示感谢，也感谢米里厄姆·克莱格，他为组织这些报告提供了重要帮助。另一场讨论会于 2001 年 12 月 15 日在“人的科学之家”的苏热屋进行，这次会议聚集了中国文学的研究人员和大学里的专家，会议题目为“当今存在中国的文学现代性之特殊性吗?”米里埃尔·德特里和伊夫·谢夫里耶分别主持了各分会。尚德兰和安妮·居里安是这次会议的共同组织者，黄迅余担任口译。我向上述所有人表示感谢。（原注）

③ 有一个专门的网站 http://www.lettreschinoises-lettresfrancaises. msh-paris. fr\ 是关于这一项目的，大家可以去网站查看所有与 Alibi 活动相关的信息。（原注）

（Olivier Rolin）、梁秉钧（Leung Ping-kwan）、韩少功、弗朗西斯·密西奥（Francis Mizio），之后是写作原因的研究：应晨、蒋韵、莫言、余华，最后是一个集中在语言与流亡问题上的特定思考：杨炼、佛楼定（Antoine Volodine）。

第二部分——《阅读》——追踪一个从一般到特殊，从过去到现在的双重运动。首先是关于文学和文学流派的相当大的概略图：米歇尔·马里昂（Michel Marian）、法图·迪奥姆（Fatou Diome）、陈思和、王德威（David Wang）、白先勇、安妮·居里安、蒋子丹、让·米歇尔·莫尔普瓦（Jean Michel Maulpoix），接下来是关于阅读与写作关系以及这样那样的汉语作家或最近又重新出现的写作笔调的特定研究：琳达·黎（Linda Lê）、安娜·威德尔·威德尔伯格（Anne Wedell-Wedellsborg）、马尔尚（Sandrine Marchand）、蓝温迪（Wendy Larson，美国俄勒冈大学教授——译者注）、诺埃尔·杜特莱（Nöel Dutrait）。这一章的一致性在于作者们的紧张阅读活动。

第三部分——《批判的思考》——提出了对概念的质疑和探究，从最一般的范围：亨利·梅肖尼克（Henri Meschonnic）、米里埃尔·德特里（Muriel Detrie）、伊夫·谢夫里耶（Yves Chevrier），到比较特别的概念领域或地理领域：尚德兰（Chantal Chen-Andro）、李昂，最后以关于创作和分析的最新展望为结束：张寅德、戴锦华、格非。

当代写作，尤其是在汉语领域，是以就自己的文化遗产、自己的文学、自己的语言而询问并重新定位为特征的。像中国这样一个国家，与过去的联系，在从前意识形态最为严酷的年月里，被有意地阻断，甚至是泯灭了，这一现象是特别令人心惊的。但是这一问题以一种非常尖锐和贴切的方式也在台湾、香港这两个地方提了出来，这两地曾经经历殖民统治，然而与中国文化传统的连续性却比大陆保持得更多。中国的侨民写作同样滋养了与中国文化真正的联系，这种联系虽然常常是不起眼的，但却是深刻的。这些思考的视野存在于2000年3月在巴黎，汉语作家和法语作家会面时所做的工作之中。实际上，看到与过去之间那种引起争论并令人兴奋的联系同某些法语作家从事的行动是一致的，这并不让人感觉惊讶。

在会议讨论的延伸部分，作为本书记载对象的争论特别将兴趣集中在最近的写作上。

今天文学中的现代性是什么？面对社会和历史的变革，文学在自己的类型、话语、影响、写作计划和语言中发展演化。在西方社会如法国或者在中国大陆、香港或台湾，现代性如何被看待？很明显，现代性这个概念本身也可能被看作是不合适的，甚至可能被抛弃。在关于现代性的疑问之外，对作家来说真正重要的是写作实验与当今世界的关系。事实上作者们在其文章中展示的不仅是在他们眼里文学介入能够赋予的意义之方方面面，而且还集中阐明了在何种意义上他们的写作任务就是其写作行动的同义词。

沿着章节通过现代性这个问题看下去，这是一张由作者们发挥的题目组成的既柔和又构建得很好的网。这张网让他们通过一个个巨大的由各种焦虑组成的光谱面对作家的工作，尤其是在目标（一个有着批评距离的态度）、工具（语言）还有审美开放（与其他艺术形式的关系）中可以观察到。

即使作者们没有把他们的思考局限在现代性这一广大的主题上，他们却经常在文章中提及这一主题，看看他们在说什么是有好处的。在这些汇集在一起的文章中，一定数量的作家和批评家提出了他们关于这个概念的观点，有些甚至尝试某些公式。其实这些主张已经达到了万花筒的效果，引发了很多的疑惑，同时也有肯定和确信。转动万花筒，可以看到，在个人的分析及每个作家和每种文化的特殊性之外，有明显可感的交汇点呈现出来。

（赵红妹编译，高建为校改）

2. 经与纬——论中国文本的规定性、虚构性和秩序

弗朗索瓦·于连（Francois Jullien）著

本书是法国当代哲学家于连研讨中国文化尤其是中国文本构成的一本著作，共有四章：第一章“既非圣经也非古典作品，论规范文本在中国文化中的地位”，第二章“‘想象力’的诞生”，第三章“配对的逻辑：

哲学的重要性，文本的效果”，第四章“列举的艺术，手、身体、诗歌的列举”。

于连认为，中国是一种既不属于传达某种意义的言语（如圣经）之文明，也不属于可以用句法阐述句子理论构成的话语（如逻各斯）之文明。中国不是一块启示的土地——那样的地方启示占了优势，上帝的许诺会增长。它不太擅长辩证地解决形式和种类等方面的问题，如像那些执着于让字母正确地组合成词、让词语正确地组合成句子的语法学家所做的那样。根本上，中国是一种文本——属于线条的文本，其运作方式就是持续的编织——的文明。例如就“文”字本身所承载的东西而言，它同时表示文化、文明、文章和文字等意，从词源上讲是由线条笔画交织而成（“文”），而（中国的）文本就是由这些交叉线条笔画构成的文字组成。由此，文本由经纬两条线交织而成：经线是正确和规范，它为文本提供支撑并赋予文章坚实性；而纬线则是想象和奇事，它切割出一个使之新颖的超常秩序并引起兴趣。同样，文本以陈述的直线性与平行陈述（对偶）相交织，这种平行陈述按照对偶表达（在句法缺位时）所构成的基本手法——横向地——在文本中配对并适应文本。在中国，文本不带来预兆，也不会冒险地探索它种可能，它构成一种网状结构——是否因此思想家们更加自省，诗人们则更加富于情感？总之，在他们之中，从来没有产生过完全的断裂，因为问题总是在阴阳两极之间，在缩和伸两极之间，或者在外和内之间（或者在“节”和“气”之间，在“情”和“景”之间），总是在引起一种交互影响和关联的游戏，这种关联在不停地编织着世界。在丝绸之国，中文文本总会以“经”和“纬”为坐标。

于连在本书中把这种文本的“秩序”，像福柯所说的“话语的秩序”那样，分成四点展开。他提出：1. 我们首先应该，追随古典中国第一个伟大文本思想家刘勰（刘勰，公元 5 世纪——原注），辨认在中华文明的核心确立儒家文本为“规范文本”（经）的这条经线；也要考虑另一条线（纬）的可能地位，这条线会丰富中文的文本性并使其面向更新。2. 由此，产生了“想象”面对规范时两可的地位问题。对于当代中国文学理论的一个共同看法：即认为中国比西方更早“发明”了想象，西方（希腊）的想象因为“模仿”而受阻；于连的回答是应该从两个角度来考虑这个“创造性的想象力”。一方面，中国很早就对精神“遨游”这一观念提出过命题，并且因而可以在肉体缺位的情况下进行这种活动；但是另一方面，中国直到很晚才逐渐考虑虚构的地位（在来自印度的佛教影响下，通过小说的出现，思考虚假和虚幻的东西。——原注），以至于现代的想象力概念是从西方翻译过来的。3. 至于文本本身的构成问题，既然对偶是文本的一个组织原则，它代替了句法，就应该同时思考对偶的逻辑。在此于连以王夫之（王夫之，公元17世纪时的中国思想家，他以特别深入的方式回顾了中国思想的来源。——原注）为例，并检查对偶的文学可能性（列举刘勰文章中的有关章节。——原注）。4. 最后，于连提出还应注意西方很少重视过的秩序的作用。既然“列举”既不从属也不归入，因而它也就不建构，只是处于平面，满足于排列各种情形，那么它对于西方人而言就宁可说代表了理论话语的零度；无论如何，它只是一个脆弱的体系。相反，在古汉语的泛策略性框架中，无论是什么样的列举：手的、身体的、诗歌的，列举都被赋予一种很强的作用，可以单独形成文本。很多儒家言论本身就只是这样的列举。这些列举，即使是最短的，也构成一种完全独立的发挥，既是自主的也是充分的，同一个作为范例的故事或一个道德警句一样：通过它施行的排列之效果与通过它在其中包容的异质性，也通过归纳和否决它建立的排斥等游戏，以及它组织的循环，列举就完全适合用于解释，甚至用于深思。

于连还提出，即使在文本问题之外，这个考察（即指对中国文化的研究课题）不提出触及文化比较的方法问题也是不行的。如确认“非此非彼”这一模式是指的什么？同时还要轮番避开西方传统中组织起来的每一种可能。儒家文本就是这样，既不是《圣经》，也不是古典作品：为了使这另一种可能性能够实现，就要同时考虑这样那样的类比又要把它们拆开，既同化又要异化，既比较又要混合。还有，是什么形成理论表述可能性的条件，这里是想象力吗？于连认为不能满足于看到希腊人没有对创造性的想象力这一问题命题，而不考虑希腊人所设置的对比游戏却为改变性的想象力理论提供了土壤，尽管其源于模仿说。同样地，应思考从哪一共同习惯出发，产生了思想和陈述的组织方式？因为追溯到那些容易的区分如内容和形式等，列举和对偶就是不分割地建构概念和表达的结果。在语法和修辞学上：字母、单词、分句、语句、复合句；也可以从物理学角度（卢克莱修曾说：原子组成物体，就像字母组成单词。——原注）；也像绘画（从点到线，到面，到物体，等等；引自：阿尔贝蒂。——原注）——西方就是这样以组合的方法思考和写作（通过部分与整体的关系来处理）。由此产生写作（绘画）——欧洲思想中出自句法的组织方式的重要性。至于中国，通过“极”来思考和写作（绘画）——不是线性地而是动态地（按照“阴－阳”的模式：如对偶。——原注），因此沉湎于盘点和变化（列举）的快乐。

（王晶编译，高建为校改）

3. 中国：文学的历史

班文干（Jacques Pimpaneau）著

本书不是一本中国文学史。作者指出，本书实际的目的是试图回答几个问题：对一个中国人来说，文化意味着什么？是什么样的重大主题浇灌了中国文学大花园中诗歌、小说和戏剧的朵朵奇葩？林林总总的书籍是怎样制作出来的？“文学”这一观念本身是如何产生又是如何发展成熟的？本书并不排斥大事年表，也不排斥最著名的作家及其文本，但它主要是提供一种方法让读者能够理解和品味他阅读的书籍。这部作品在给读者提供信息、细节、历史和准确性的同时，也在文人的花园中打开了几扇窗户，并有着改变大家对中国文学固有观念的宏愿。

作者说：虽然本书有一个年表，它却不是中国文学的历史，因为写一本那样的书会迫使自己去谈很多没有看过的书。如果本书中些许见解能为有好奇心的人提供指引，一些想法能够激怒某些人，尤其是如果本书能够刺激读者去阅读中国文学作品（其中许多有译本），那么这本小书就不会是一无是处的了，或许还会引导某个更有资格的人去写另一本更严肃的书。

要目：

朝代年表

另一种表达的方式

《诗经》

　　《诗经》的诗律

　　《诗经》的解释

《楚辞》

　　萨满的诗歌

　　具有道家灵感的退隐诗歌

　　逃离世界的诗歌

赋

文化

文学概念的诞生

刘勰的文学概念

刘勰之后关于文学的概念

中国文学有历史

书与雕版

诗

　　诗与情

　　诗与景

　　诗与世

　　诗与言

　　诗与歌

唐代的三个伟大诗人

表达智慧的诗

唐代和宋代的散文体作品

　　随笔

　　故事

大众文学

　　大众口头文学

　　歌谣

　　从说书人到小说

中国歌剧

历史题材

爱情

现代文学

　　西方的影响

　　文学与政治

　　思想运动

没有收益的职业

阅读建议

主要作家

主要作品

（赵红妹摘编）

七　2001—2005年度中国文学研究讨论会

1. 会议名称：法中文学相遇——当今可以如何观照现代性？

（Rencontres littéraires franco-chinoises [Images animées]. Comment la modernité peut-elle s'envisager aujourd'hui ?）

时间：2001年12月13日

地点：法国国家图书馆（Paris: Bibliothèque nationale de France）

上午议题：都市装饰（Le décor urbain）

下午议题：全球性框架，从流放到网络（le cadre planétaire, de l'exil à l'internet）

与会者：菲利普·福雷（Philippe Forest）、韩少功（Han Shaogong）、热纳维耶芙·布里扎克（Geneviève Brisac）等

会议主持人：蒂埃里·格里耶（Thierry Grillet）、米歇尔·马里昂（Michel Marian）

总主持人：安妮·居里安（Annie Curien）、蒂埃里·格里耶（Thierry Grillet）

同名文集作者：菲利普·福雷（Philippe Forest）、韩少功（Han Shaogong）、热纳维耶芙·布里扎克（Geneviève Brisac）等

2. 会议名称：法中文学相遇：当今可以如何观照现代性？

（Rencontres littéraires franco-chinoises [Images animées]. Comment la modernité peut-elle s'écrire aujourd'hui ?）

时间：2001年12月14日

地点：法国国家图书馆（Paris: Bibliothèque nationale de France）

上午议题：语言：习俗、翻译、创作（la langue: tradition, traduction, création）

下午议题：形式的创新，与音乐、电影的关系（l'invention des formes, en relation avec la musique, le cinéma...）

与会者：白先勇（Bai Xianyong）、琳达·黎（Linda Lê）、应晨（Ying Chen）等

会议主持人：亨利·梅肖尼克（Henri Meschonnic）、让－巴蒂斯特·巴哈（Jean-Baptiste Para）

总主持人：安妮·居里安（Annie Curien）、蒂埃里·格里耶（Thierry Grillet）

文集作者：白先勇、琳达·黎、应晨等

部分与会者介绍：

应晨，（1961—），加拿大魁北克小说家，生于上海，1983 年毕业于复旦大学法语文学系，1989 年赴蒙特利尔入麦吉尔大学法语文学系深造。现居住魁北克梅戈格（Magog）镇，是两个孩子的母亲。2001 年担任加拿大总督奖评委。2003 年移居温哥华。

获得奖项：

- 2002 年法国文化部骑士奖章
- 1999 年艾尔弗雷德－德罗什文学奖（Prix Alfred-Desrochers）
- 1996 年伊人杂志魁北克读者大奖（Grand Prix des lectrices de Elle Québec）
- 1996 年魁北克书商奖（Prix des libraires du Québec）
- 1995 年巴黎－魁北克联合文学奖（Prix Québec-Paris, L'Ingratitude）

主要作品：

- 《水的记忆》（*La Mémoire de l'eau*），蒙特利尔：勒麦阿克出版社（Leméac，Montréal），阿尔勒：南方汇编出版社（Actes Sud, Arles），1992 年。
- 《自由的囚徒》（*Les Lettres chinoises*），蒙特利尔：勒麦阿克出版社（Leméac, Montréal），1993 年。
- 《再见，妈妈》（*L'Ingratitude*），蒙特利尔：勒麦阿克出版社

（Leméac, Montréal），阿尔勒：南方汇编出版社（Actes Sud, Arles），1995 年。

- 《磐石一般》（*Immobile*），蒙特利尔：波雷阿尔出版社（Boréal, Montréal），阿尔勒：南方汇编出版社（Actes Sud, Arles），1998 年。
- 《悬崖之间》（*Le Champ dans la mer*），蒙特利尔：波雷阿尔出版社（Boréal, Montréal），巴黎：塞伊出版社（Seuil, Paris），2002 年。

琳达·黎（Linda Lê），1963 年生于越南南部城市大叻（Dalat），1977 年与母亲、祖母及三个姐妹移居法国。是巴黎最著名的作家之一，已出版 12 本著作。

3. 会议名称：香港与相异性体验

（Hong Kong et l'expérience de l'altérité）

时间：2003 年 11 月 27—28 日

地点：里昂日勒别墅（Villa Gillet, Lyon）

关于此次会议的内容，已经成书，书与会议同名。从这部著作中我们可知会议的主要内容是从相异性的角度观察香港。香港不可简化为一个经济与旅游的窗口，它是一个有着对照、矛盾和多样性的所在地，就像王家卫电影所证实的那样。会议最后提出了三个努力方向：认识香港文学的特点；了解对香港文学这一汉语文学深感兴趣的法国作家的个人方法；倾听两种不同文化的作家之间关于相异性问题的对话，这于文学是本质性的，而在当今世界则空前必要。

4. 会议名称：围绕高行健：当今的伦理学和美学

（Autour de Gao Xingjian: éthique et esthétique pour aujourd'hui）

时间：2003 年 12 月 6 日

地点：马赛

5. 会议名称：法国文学在东亚的历险：中国、朝韩、日本和越南（研讨会）

（Chine, Corée, Japon et Vietnam: l'aventure des lettres françaises en extrême Asie）

时间：2004 年 3 月 19 日

地点：法国国家图书馆

与会者：程抱一（François Cheng）、莱维（André Lévy）、米里埃尔·德特里（Muriel Detrie）、钱林森（Qian Linsen）、李金明（Li Jin-mieung）、吉川泰久（Yasuhisa Yoshikawa）、阮藤蔓（Dang-Manh Nguyen）、张寅德（Zhang Yingde）、金华镛（Kim Hwa-Young）、塞西尔·酒井（Cécile Sakai）、天藤（Tien Dang）、金丝燕（Jin Siyan）、吉尔加宋·德哥斯达（Kill Ja Song de Costa）、多米尼克·帕尔麦（Dominique Palmé）

注：该研讨会在中国年框架下组织，会议得到程抱一先生赞助。

6. 会议名称：法中文学对话

（Dialogues littéraires franco-chinois）

时间：2004 年 3 月 22 日

出席者：让 – 克洛德·蒂沃勒（Jean-Claude Thivolle）、安妮·居里安（Annie Curien）、让 – 马尔克·德拉斯（Jean-Marc Terrasse）等

参加者：热纳维耶芙·布里扎克（Geneviève Brisac）、莫言（Mo Yan）、尚德兰（Chantal Chen-Andro）等

组织者：两仪文舍

Alibi，法文全名为 Atelier Litteraire Bipolaire ，直译为“两极文学工作室”，华人译为“两仪文舍”。“两仪”出自“太极生二仪”，华人以“两仪”喻“两极”。两极既是指两种语言、两种文化和两种文学——中国文学和法国文学之间的“两极”，也是指参与活动的作家和译者两个群体。“两仪文舍”是安妮·居里安（Annie Curien，法国汉学家，法国国家科学研究中心、社会科学高等学院近现代中国研究中心研究员）自 2002 年以来所主持的一个中法当代文学交流项目。

两仪文舍定期邀请两位作家——一位以法文写作的和一位以中文写作的，在同一主题下各写一篇短作：或为虚构叙事作品或为诗作。作品一旦完成便交付文学翻译家以对方语言译出。紧接着文舍举行座谈会：双方作家针对他们的写作展开专门对话，然后翻译家和主要由比较文学

专家组成的听众发言，会议于是进入讨论阶段。

至今，两仪文舍已将历次讨论的结果编辑为两个文集，分别在 2004 年和 2010 年出版。

第一本文集题为 *Alibi*：*Dialogues littéraires franco-chinois*，《两仪文舍：法中文学对话》。这本集子的前言部分阐述了每次座谈会丰富多彩的思想交流；另外，文集汇集了 12 篇由法文和中文作家创作的作品，这些作家属于中法当代最优秀的作家之列。本作品集的作者为：梁秉钧、雅克·儒埃（Jacques Jouet）、格非、弗朗西斯·密西奥（Francis Miaio），应晨、佛楼定（Antoine Volodine）、李锐、菲利普·福雷（Philippe Forest）、杨炼、让－巴蒂斯特·巴哈（Jean-Baptiste Para）、李昂、阿布代卡代·杰迈（Abdelkader Djemat）。

第二本名为 *Alibi 2*：*Dialogues littérai res franco-chinois*，《两仪文舍 2：法中文学对话》，该书将在《文情报告（法国卷）》第二册中得到介绍。

7. 会议名称：高行健的小说与戏剧写作

时间：2005 年 1 月 28—29 日

地点：普罗旺斯的艾克斯

组织筹办方：普罗旺斯大学中国文学与翻译研究组

会后，由与会者提交的 16 篇文章组成与会议同名的文集，于 2006 年在法国出版。书中有 16 篇文章的作者之一诺埃尔·杜特莱（Noël Dutrait）写的一篇介绍，书末附有高行健的手稿和在法国能找到的高行健作品书目。书中相当数量的文章将兴趣集中在高行健的戏剧写作上，尤其是 2002 年在台北首次搬上舞台、2005 年在马赛上演的《八月雪》。李扬古（Li Young-Gu）和张寅德的两篇文章则研究高行健最主要的两部小说：《灵山》和《一个人的圣经》。

八　法国的中国文学及汉学（中国学）研究机构

（Associations, Instituts, Centres de Recherches et Bibliotheques sur le monde chinois）

1. 巴黎政治学院 – 亚欧中心（Asia Europe Centre- Sciences Po）
   网址：www.sciences-po. fr
2. 法国汉语教师学会（AFPC, Association Française des Professeurs de Chinois）
   网址：www.afpc. asso. fr
3. 法国汉学学会（AFEC, Association Française d'Etudes Chinoises）（该学会于 1980 年建成，是法国汉学界最重要的学会；学会出版年刊，通过网站发表通讯）
   网址：http://assoc. wanadoo. fr
4. 法兰西学院亚洲学会图书馆（Bibliothèque de la Société Asiatique-College de France）
   网址：www.college-de-france. fr
5. 法国远东学院图书馆（Bibliothèque de l'EFEO）
   网址：www.efeo. fr
6. 法兰西学院远东图书馆（Bibliothèque d'Extrême-Orient-College de France）
   网址：www.college-de-france. fr
7. 法国高等社会科学研究学校当代中国图书馆（Bibliothèque du CECMC-EHESS）
   网址：www.ehess. fr
8. 法国高等社会科学研究学校东亚语言中心图书馆（Bibliothèque

du CLAO-EHESS）

邮箱：lucas@ehess. fr，电话：0153701864

9. 现当代中国研究中心（CECMC, Centre d'Etudes sur la Chine Moderne et Contamporaine）

网址：www.ehess. fr

10. 法国当代中国研究中心（CEFC, Centre d'Etudes Français sur la Chine Contamporaine）

网址：www.cefc. com. hk

11. 亚洲中心（Centre Asie-IFRI）

网址：www.ifri. org

12. 道教文化研究中心（Centre de documentation er d'etudes du taoïsme-EPHE）

13. 藏区文献中心（Centre de documentation sur l'aire tibetaine-EPHE〉Maison de l'Asie）

14. 勒阿弗尔大学太平洋研究中心（CEPAC，Centre d'Etudes du Pacifique, Université du Havre）

网址：www.univ-lehavre. fr

15. 国际研究中心 – 亚洲（CERI-Asie）

网址：www.ceri-sciencespo. com

16. 巴黎 – 索尔邦大学（巴黎第四大学）远东研究中心（CREOPS, Centre de Recherche sur l'Extrême-Orient de Paris-Sorbonne）

网址：www.creops. paris4. sorbonne. fr

17. 东亚语言研究中心暨欧洲中文语言学学会（CRLAO, Centre de Recherche Linguistique sur l'Asie Orientale et l'Association Europeenne de Linguistique Chinoise）

18. 欧亚中心（EAC, Euro-Asia Centre-INSEAD）

19. 欧洲汉学学会（EACS, Association Europeenne d'Etudes Chinoises）

网址：www.soas. ac. uk/eacs

20. 欧洲汉学书商协会（EASL, European Association of Sinological Librarians）

网址：www.easl. org/easl. html

21. 法国远东学校（EFEO, Ecole Française d'Extrême Orient）
网址：www.efeo. fr

22. 法国远东学校亚洲区（Ecole Française d'Extrême Orient, zone Asie）
网址：www.cuhk. edu. hk/ics/efeo （chinois, français）

23. 高等实验研究所（EPHE, Ecole Pratique des Hautes Etudes）
网址：www.ephe. sorbonne. fr

24. 巴黎高等商学院欧亚研究所（Eurasia Institute-HEC）
网址：www.hec. fr/eurasia

25. 里昂第二大学东亚研究所（IAO, Institut d'Asie Orientale-Université Louis Lumière-Lyon II）

26. 法兰西学院远东研究所（IEO, Institut d'Extrême-Orient-College de France）

27. 法国当代思想研究所（Insititut de la Pensee Contemporaine, Univercite Paris 7-Denis Diderot）

28. 法兰西学院高等汉学研究所（IHEC, Institut des Hautes Etudes Chinoises College de France）
网址：www.college-de-france. fr

29. 法国国家东方语言文化学院（INALCO, Institut National des Langues et Civilisations Orientales）

30. 国家东方语言文化学院中国研究中心（Institut national des langues et civilisations orientales, Centre d'Etudes Chinoises）
网址：www.inalco. fr，电话：0144088979

31. 巴黎利氏学社（Insititut Ricci de Paris）
网址：www.institutricci. org

32. 台北利氏学社（Insititut Ricci de Taipei）
网址：www.riccibase. com

33. 欧亚研究所（IREA, Insititut de Recherches Europe-Asie）
网址：www.irea-aix. com

34. 法文文学－中文文学与两仪文舍（Lettres françaises-lettres chinoises et ALIBI-Ateliers Litteraires Bipolaires）

    网址：www.lettreschinoises-lettresfrancaises. msh-paris. fr

35. 普罗旺斯大学亚太之家（Maison Asie Pacifique-Université de Provence）

    网址：www.up. univ-mrs. fr/wmap

36. 巴黎亚洲之家（Maison de l'Asie, Paris）

九　重要相关期刊简介

1.《亚洲艺术》(*Arts Asiatiques*)

《亚洲艺术》原名《亚洲艺术杂志》，由法兰西博物馆于 1924 年创办，1940—1945 年停刊，后再次发行时更名为《亚洲艺术》。该杂志的主编原先一直由法兰西博物馆馆长担任，1963 年由法国远东学院院长接任。

该杂志为年刊，每期大约 160—170 页，发行数 1300 册。其办刊方针为优先发表中等篇幅的文章，以期保证涉及的问题无论空间上（从伊朗到日本）还是时间上（从新石器时代到 20 世纪）都具有多样性，并使读者有可能定期阅读到与各自学科相关的文章。

每期杂志包括 5—7 篇主要文章，一篇有关吉美国立亚洲艺术博物馆（Musée Guimet）和塞努斯基博物馆（Musée Cernuschi）活动的专稿，另有一些专栏和近期出版消息。本刊的论文用法文或英文撰写，其内容提要与正文分别采用两种不同的文字。该杂志的插图主要以黑白图案印制，从 1991 年起增加了 8 页彩版插图。

《亚洲艺术》自 1981 年以来发表的有关汉学的文章主要集中在以下两个方面：对中国境外考古发现的介绍、考古和艺术史领域的论文及最新研究成果。

在介绍性文章中，一类是中国学者论文的译文，另一类是综述性文章。该杂志也发表某些报告和一定数量的研究古代中国的论文，部分论文涉及敦煌与新疆的佛教艺术以及中国的瓷器艺术。1983 年，法国成立了一个专门研究小组，研究由清朝宫廷里的入华耶稣会士们为乾隆皇帝设计的圆明园西洋楼，其部分成果已在《亚洲艺术》中发表。

《亚洲艺术》对不同文化区域都敞开大门，它将有关中国的资料置于亚洲大陆的整体范畴内进行研究，从而阐明工艺、艺术的交流与影响、传播的经由地区以及同一文化传统的广阔空间。该杂志中发表的大批文章涉及诸多方面：建筑、绘画、中国西藏宗教图像、蒙古宗教建筑、西域、亚洲草原、阿尔泰地区俄罗斯考古发现的介绍等，这些文章为从事汉学研究的学者们提供了进行有效比较的机会。

2.《远东亚洲丛刊》(*Cahiers d'Extrême-Asie*)

《远东亚洲丛刊》(简称《丛刊》)是法兰西远东学院京都分部的刊物，在东方学领域占有重要地位，已有10多年的历史。

《丛刊》主要为东亚地区的研究者创办，已成为他们的论坛。刊物主要研究方向是古今东亚文化和社会，特别重视从人类学和文化角度来考察宗教现象。该刊关注的另一方面是向英语读者介绍用法文写成的东方学著作。

刊物最初是《法国－亚洲》期刊创办人勒内·德·贝尔瓦勒（René de Berval）以法兰西远东学院的名义要求创办的，由索安士（Anna Seidel，中文名字石秀娜）推出。该刊有一位主编和一个编审委员会主持。编审委员会主要集中了一批活跃在日本－中国－朝鲜研究领域的法兰西远东学院的新老成员，还包括法国研究亚洲宗教的一些代表人物。

《丛刊》为年刊（有时带有延续为两年的几个双号），遵循严格的法英双语制，因为在日本出版，所以附有日文目录（从第7期开始）。

自第3期（1987年）起，《丛刊》每期都选定一种专刊号的程式，同时又保留其主要宗旨。《丛刊》由法兰西远东学院京都分部负责排版，由京都的一家印刷商承印，向欧洲和世界其他地区发行。

3.《中国研究》(*Etudes Chinoises*)

《中国研究》创刊于1983年，是成立于1980年的法国汉学研究会AFEC（Association Française d'Etudes Chinoises，法国汉学界最重要的学会，出版年刊，通讯则通过网站发出）的会刊。刊物严格执行研究会的宗旨："保持并发展学者间的研究与交流，保持并发展不同院校间的对话（特别是在资料、著作、译著方面），保持并发展与法国及外国相关单位的联系。"

在魏丕信（Pierre-Etienne Will，法兰西学院）教授的推动下，《中国研究》已成为一本全面代表法国汉学研究水平的学术期刊。该刊物由法国国立科研中心资助出版，每年出1卷，每卷2期，每期250页左右。期刊以中国为中心，涵盖汉学家们研究的所有学科（历史学、社会学、文学、哲学、地理学等），这使它有别于那些或涉及一个地区，或限于某一领域的其他杂志。《中国研究》发表的文章均为未发表过的、真正的研究成果。所有文章均经编委会审定，以确认其独创性及学术质量。该刊主编务使每卷都能反映出当年进行的研究课题的多样性，并力求鼓励有才华的青年作者，促使其提高研究水平。此外，这本以法文、英文两种文字出版的刊物也刊登法国汉学机构邀请的外国学者、教授的文章。

《中国研究》每期发表三四篇论文，论文后附有法文、英文的摘要，不久还将有中文摘要。每期刊登评述以及研究札记，同时还含有大量最新出版的汉学著作的书评及简介。每年集中登载一次有关中国的法文著作书目及法国学者用不同语言在国外发表的著作书目，论文及某些书评后附有文中所引用的专有名词、技术用语等的汉语拼音汉字表。

4.《远东远西》（*Extrême-Orient Extrême-Occident*）

《远东远西》（年刊）1982年创刊，除1983、1984这两年每年出两期外，其他年份均为每年一期。每期一个总标题，集中讨论汉化世界（中国、韩国、日本、越南）的文化产物中饶有兴趣的一个主题或问题（如占卜、娱乐、评论、园林艺术、一种中国哲学等）。如2001年总第23期总标题为《中国与日本的习俗和规则》（*La coutume et la norme en Chine et au Japon*），2002年总第24期总标题为《中国的反教会主义》（*L'anticléricalisme en Chine*），2003年总第25期总标题为《中国与日本的诗歌选集》（*L'anthologie poétique en Chine et Au Japon*）。刊物具有多样的视角及知识领域，从而产生、汇聚了各种不同见解。

5.《中国展望》（*Perspectives chinoises*）

《中国展望》是由“法国当代中国研究中心”编辑出版的一份学术性季刊，于1992年由潘鸣啸（Michel Bonnin）、拉斐尔·雅盖（Raphaël

Jacquet）和让 – 菲利普 · 贝雅（Jean-Philippe Béja）等人创办。1995 年刊物增加英文版 China Perspectives。该刊在香港出版，旨在分析当代汉语世界的政治、经济、社会、历史和文化方面的发展变化。刊物由各个领域得到检验的公认专家主持并由一个国际阅读委员会监督，其文章交送匿名评审。2013 年以来刊物由塞弗莉娜 · 阿尔塞纳担任主编。该刊目前实际上每年出版 6 期。

《中国展望》是一份严肃而可读性强的刊物，目的是成为当代中国研究专家不可或缺的分析资料和信息来源，对希望加深当代中国了解的人也是一个工具。

《中国展望》目前主要有以下栏目：

文献：用一种建立在最近研究基础上的多学科方法对当前汉语世界某个关键性问题进行深度分析。

文章：对与当代汉语世界有关的各种题目进行研究的文章。

中国新闻：与巴黎的亚洲中心合作，对当前中国重要报刊文章进行批评性综述。

批评性阅读：该栏目主要是有关新近出版著作的批评文章。

阅读报告：该栏目是对相关著作进行介绍的短文。

6.《汉学书目杂志》（*Revue Bibliographique de Sinologie*）

《汉学书目杂志》是一部工具书，为那些想要跟踪了解世界上不同领域内中国研究进行状况的学者而创办，可供史学家、社会学家、政治学家们使用。1955 年在第八届国际青年汉学家大会上，有人提出办刊倡议，1956 年该刊正式创刊，第一期于 1957 年出版，由 82 位不同国籍的学者分别介绍了 1955 年内出版的著作。刊物在此后的 25 年间又相继出版 15 期，直至 1982 年。1982 年刊物推出了一套“新系列”：决定在保持原有基本原则的基础上，及时反映各种新出版物的情况，同时要给在中国大陆出版的书目留出更多的篇幅。

自 1986 年起，刊物登载的综述性文章逐年增多，多为评述当时的热门话题。自 1993 年起，刊物又增加了介绍性文章，特别注重在研究上有开创性意义的工作。此外刊物增设了新栏目（1996 年增加了“音乐”

栏，1997 年增加了“时事”栏），同时在排版方面也做了很多更新。

7.《通报》（*T'oung Pao*）

《通报》第 1 卷于 1890 年刊行，出版商为布里尔出版社，地点在荷兰莱登。刊名全称为《通报：东亚（中国、日本、朝鲜、印度支那、中亚和马来西亚）历史、语言、地理和民族学档案》，刊物为一年一期，但分为两本出版，分别于当年 1—2 月和 4—5 月面世。《通报》从一开始就是由法国、荷兰联袂主编的，这种法、荷联袂主持的传统，以几乎未曾中断过的方式一直持续到今天。

《通报》刚发行时是欧洲唯一一家专门致力于东亚研究的国际刊物。除了学术问题之外，该刊的创始人（尤其是考狄 Henri Cordier，1849—1925）主要关心中国与周边国家之间交往的研究，进一步推而广之则是关心对东亚与中亚国家以及东西方世界之间关系的研究。此外，刊物的创始人都是最早以某种形式从事跨学科研究的鼓吹者，而跨学科研究必然会运用“交叉目光”。他们希望通过《通报》的媒介作用促进与在其他领域工作的研究人员进行交流。《通报》的刊名本身就突出了这种“通报”与“交流”信息的观念。

《通报》创刊的时代尚为殖民时代，许多东方学家曾经长期居住过的殖民地国家后来变成他们各自的研究领域，因此他们真正是在“当地”开始其研究的。除了“学术论文”和必须有学术含量的“杂识”之外，在《通报》的最初几卷中，各种非学术性信息所占篇幅也很重要，这些信息既有关于学术界与社交界的活动的，又有关于亚洲、欧洲甚至是美洲政治事件的。这些情报信息被归类于“杂录”和“记事”栏目中。

《通报》具有国际化特征，这是符合整个汉学的国际化特征的。随着交流的发展、在国外进修的机会增多和在国际会议上的经常性联系，随着英语被推广作为各国的学术语言，一种世界性的汉学发展形成。欧洲大陆上很多学者都参与了这种汉学，他们在最好的环境中将不同文化传统的强项结合起来。例如，这几年那些曾在欧洲、北美或澳大利亚学习并通过了其博士学位论文的中国作家向《通报》投稿的数量很大。他们用英文书写，将他们对自己母文化的熟悉了解与在西方培养起来的大量社会科学知识结合起来进行研究，取得优秀成果。

总体上《通报》并未因研究对象的特性与内容及作者的广泛性丧失欧洲的特征，该杂志的现任负责人致力于坚持维护这种特征（编委会成员代表着欧洲的主要大学，法国成员所占比例很大）。如果说论文的作者来自所有国家（有数量很大的一批稿件寄自美国大学），那么欧洲的比例依然很大。在书评的作者方面，欧洲占据多数。《通报》编辑部极力避免某些意识形态的倾向，或是在亚洲与美洲现今汉学中始终不乏其例的某些时髦倾向，例如偶尔会于现今的某著作中发现的某种程度的文化沙文主义以及在美国出版物中肆虐一时的各种“后现代”倾向。学术质量与研究的创新性始终是《通报》选择供发表稿件的主要准则。

十　法国汉学学者及中国文学翻译家介绍

华澜（Alain Arrault），法国远东学校（EFEO）研究员兼比利时列日大学（Université de Liege）教授。他的研究专长是宗教（道教）和中国民间信仰，出版关于北宋学者邵雍的专著《邵雍（1002—1077），诗人和宇宙学者》[*Shao Yong*（*1002–1077*）*, poète et cosmologue*]。

欧阳因（Annie Au-Yeung），女，早年毕业于北京外国语学院，后获法国语言学博士学位。长年从事法汉双语教学、翻译及语言研究工作，1998 年法国政府授予她国家一级教育勋章。

保尔 · 巴迪（Paul Bady），巴黎第七大学远东文学系教授、著名的老舍研究专家和老舍作品翻译家、老舍国际友人协会的牵头人，在西方学界颇有影响。

帕特里西雅 · 巴托（Patricia Batto），女，法国汉学家，曾任法国当代中国研究中心主办的刊物《中国展望》（*Perspectives chinoises*）主编。

潘鸣啸（Michel Bonnin），法国汉学家，在法国获得中国语言文化硕士学位和历史学博士学位，曾任清华大学中法人文社会科学研究中心主任，是期刊《中国展望》创建人之一，目前在巴黎国家社会科学高等研究学校任教，主讲中国现代史。潘鸣啸的研究方向主要是中国当前的各种社会问题，包括民主运动、就业、民工和政治制度等。从 20 世纪 70 年代起就对中国的知青上山下乡运动感兴趣，并于 2013 年出版著作《失落的一代：中国上山下乡运动（1968—1980）》（中国大百科全书出版社）。

热纳维耶芙 · 布里扎克（Geneviève Brisac），女，法国著名作家，文学编辑。出生于巴黎一个知识分子家庭，在多元文化的氛围中长大，后来成为文学编辑，同时进行文学创作。布里扎克在成人文学和少儿文学领域均有所建树，发表过 12 部成人文学作品及多部儿童文学作品，其作品被翻译成十几种语言。在编辑工作中她是双料人才，曾担任法国著名的伽利马尔出版社（Gallimard）文学编辑，现任法国著名童书出版社的儿童文学主编。

郁白（Nicolas Chapuis），法国著名汉学家，毕业于巴黎第七大学东方语言文化学院。始终醉心于中国文化，并与中国结下割不断的情缘。曾先后担任法国驻中国大使馆文化参赞，法国外交部亚洲司副司长，法国驻上海领事馆总领事。外交官生涯加深了他对中国文化的理解，也使他得以与中国文化界精英相与往还。

为了向西方读者推广中国文化，郁白先生先后在法国翻译出版了钱锺书、杨绛等中国友人的著作以及多部中国文学名著。他对中国古典诗歌进行主题学研究的学术专著《悲秋》（*Trstes Automnes*）于 2001 年 1 月在法国出版，后来又在中国翻译出版。《悲秋》一书是郁白先生对中国传统文化仰慕之情的真率流露，也是他在中国古典诗歌领域不凡造诣的体现。该著作通过对秋天形象的诗学分析，结合中国古代文论与西方文学批评，对中国古代文学的本体论问题进行了深入系统的专题研究。《悲秋》是一部不可多得的优秀汉学著作。

尚德兰（Chantal Chen-Andro），女，法国诗人，翻译家、汉学家，中国当代诗歌的法文译者，巴黎第七大学副教授，主要讲授 20 世纪中国文学和翻译等课程，曾获文学和艺术骑士勋章。尚德兰对中国当代诗歌的法文翻译做出了重要贡献，此外，十余年来她一直关注朦胧诗以来中国新诗的演变。她本人的诗歌简约、含蓄，追求中国古典诗的那种深远意味。2004 年，她与赫美丽（Martine Vallette-Hémery）合作，翻译出版了《天空飞逝：中国新诗集》。

程抱一（François Cheng），法国华裔作家，法兰西学院终身院士，诗人、书法家。祖籍江西南昌，出生于山东济南，毕业于重庆立人中学、南京金陵大学，1948 年随父赴法国定居。在巴黎第九大学取得博士学位，任教于巴黎第三大学东方语言文化系。程抱一用法文写作了许多作品，包括介绍中国文化的著作和翻译中法两国文学大师作品的译作。他被法国学术界称为“中国与西方文化之间永远不疲倦的摆渡人”。程抱一先生的许多作品已经成为西方学术界研究中国绘画、诗歌的主要参考材料。他的诗歌《石与树》被选入《20 世纪法国诗歌选》。2002 年程抱一先生被选为法兰西学士院院士，他是该学士院第一位亚裔院士，学士院授予他的佩剑柄上镌刻着文天祥《正气歌》的第一句“天地有正气”。

安妮·居里安（Annie Bergeret Curien），女，法国汉学家，法国国家科学研究中心（CNRS）现当代中国研究中心成员、科研项目负责人，也是法国社会科学高等研究学校教授，主要从事当代中国文学研究。主要出版物有:《20 世纪中国文学和日本文学中自传式写作的手法和迂回技巧》（与尚德兰、塞西尔·黎共同主编）、《中国文学：过去与当代写作，作家与汉学家的互视》（与金丝燕共同主编）、《当前写作：法中文学论争》（主编）、《两仪文舍：法中文学对话》（主编）。此外她还翻译出版汪曾祺、韩少功、李锐、史铁生、梁秉钧等人的作品。

戴鹤白（Roger Darrobers），法国汉学家，巴黎第十大学（农泰尔大学）中国语言文化教授，担任过法国驻华使馆文化专员，致力于研究中国戏剧史和朱熹散文。他的汉学造诣很高，译笔广受称赞。出版著作《中国戏剧》《京剧，汉满帝国末期的戏剧和社会》《北京，帝国首都和明日的巨型城市》，还发表大量译著如巴金的《憩园》、朱熹的《戊申封事》、刘心武的《树与林同在》和《刘心武回忆录》等。

谭霞客（Jacques Dars），法国著名汉学家，法国国家科学研究中心（CNRS）研究员、古代中国研究专家，被认为是法国最优秀的中国文学作品翻译家之一。曾发表著作《10 —14 世纪的中国航海业》，还将多种中国文学著作翻译成法语。谭霞客曾利用中世纪法语词汇翻译《水浒传》一书，还译有徐霞客、纪昀和李渔等人的作品和散文。此外，谭霞客曾多年致力于艾田蒲（René Etiemble）创立的《认识东方》（Connaissance de l’Orient）丛书的指导工作。

诺埃尔·杜特莱（Nöel Dutrait），法国著名汉学家，翻译家，法国普罗旺斯马赛大学中文系教授，曾将中国新时期作家阿城的“三王”、苏童的《米》、莫言的《酒国》、高行健的《灵山》等翻译成法文，还翻译过台湾作家李昂的作品。1995 年他与妻子丽丽恩·杜特莱（Liliane Dutrait）合译的高行健长篇小说《灵山》在法国获得极大反响，这本译作成为高行健获得诺贝尔文学奖的关键一步。他翻译的莫言小说《酒国》获得了2001年法国的最佳外国文学奖“卢尔巴泰隆”奖。因翻译成就突出，他于2001年被授予“法兰西骑士勋章”。杜特莱夫人全名丽丽恩·杜特莱（Liliane Dutrait），粗通汉语，是杜特莱的翻译伙伴，夫妇二人在翻译和汉学研究方面通力合作。

费飏（Stéphane Feuillas），法国汉学家。毕业于艾克斯－马赛大学，曾进入巴黎高等师范学校学习。1986年在巴黎第四大学（巴黎斯－索尔邦大学）获得现代文学硕士学位，1993年进入巴黎第七大学在弗朗索瓦·于连教授指导下准备博士论文。1996年在巴黎第七大学获得博士学位，博士论文题目是《回到天上：张载〈正蒙〉中的自然和道德》。1997年后在巴黎第七大学任教，目前是该校中国古代文学和语言讲师。从2009年开始他与程艾蓝合作为法兰西学院工作。主要成果有《酒中隐士和苏东坡的其他狂想曲》（26首赋的全译及介绍）、《纪念苏轼》（文本、翻译、注释和介绍）。

金丝燕，女，北京大学西语系七七级本科生，八二级研究生，获法国语言与文学硕士学位，1984年留校任教，在北京大学中文系现代文学教研室和北京大学比较文学研究所工作。1992年获法国巴黎索尔邦大学（巴黎第四大学）现代文学博士学位。现任法国阿尔图瓦大学（Université d'Artois）汉学系主任，教授，阿尔图瓦孔子学院法方院长，法国国家行政学校（ENA）兼职教授。曾任乐黛云教授创办的《跨文化对话》副主编，“远近丛书”法方主编。

金丝燕的中文著作主要有：

《文学接受与文化过滤：中国对法国象征主义诗歌的接受》，北京：中国人民大学出版社，1994年。

《梦》，上海：上海文化出版社，2000年。

《穿香》（编著），济南：山东画报出版社，2002年。

法文著作主要有：

L'écriture féminine chinoise contemporaine du XXe siècle à nos jours—Trame des souvenirs et de l'imaginaire, Paris: Librairie Youfeng, 2008.

L'écriture subjective dans la littérature chinoise contemporaine—De-

venir je, Paris: Maisonneuve & Larose avec le concours du Centre National du Livre, 2005.

Littérature chinoise—Le passé et l'écriture contemporaine（dir. avec Annie Curien）, Paris：Editions de la Maison des Sciences de l'Homme, 2001.

Le Rêve, co-auteur: *Maurice Bellet*, Paris: Desclée des Brouwer\Presses littéraires et artistiques de Shanghai, 2000.

La métamorphose des images poétiques 1915–1932—Des symbolistes français aux symbolistes chinois, Bochum：Projekt Verlag, Editions Cathay, 1997.

蓝碁（Rainier Lanselle），法国巴黎第七大学（巴黎 – 狄德罗大学）东亚语言文化教研单位讲师，是隶属于法国国家科研中心（CNRS）的东亚文明研究中心（CRCAO）成员。

蓝碁是中国古典文学专家，在元、明、清的戏剧和小说方面发表过著作和译作，同时他也是心理分析学家，对古典中国的文化继承和心理分析学说在当今中国的传播颇感兴趣。他的译作主要有中国小说集《今古奇观》。

罗玛丽（Marie Laureillard），女，法国汉学家、翻译家、诗人，1970 年出生于巴黎近郊的波瓦西。曾以论文《诗人顾城》获法国国家科研中心硕士学位，2006 年以论文《丰子恺的绘画和文学，图像和文本》获巴黎 – 索尔邦大学（巴黎第四大学）艺术史博士学位，现任教于里昂第二大学，并为巴黎 – 索尔邦大学远东研究中心成员。罗玛丽是活跃的中文现代文学译介者，已出版莫言、刘心武、郭松棻、李昂等人小说的法文译本多种，发表专著《毛笔线条的艺术：丰子恺，一个抒情漫画家》。近年主要致力于台湾现代文学（特别是现代诗歌）的研究和翻译。

米歇尔 · 鲁阿（Michelle Loi, 1926—2002），女，法国汉学家。毕业于女子高等师范学校，后来在艾田伯的指导下撰写有关中国新诗与西方诗歌关系的博士学位论文。曾担任法国国家研究中心的副研究员，后来成为巴黎第八大学（万桑大学）教授。她是法国著名鲁迅研究专家，曾在巴黎第八大学组织“鲁迅小组”，集中一批青年老师和学生研究翻译鲁迅作品，自己也曾翻译鲁迅的文章。出版著作《郭沫若的诗歌》《为了鲁迅：回答皮埃尔·利克曼（西蒙·雷伊）》。

巴彦（Claude Payen），法国汉学家，法国学士院骑士勋章（Chevalier dc l'ordre des Palmes academiques）获得者，曾经在上海外贸学院担任法国专家。他翻译出版的主要文学作品有：老舍《小坡的生日》《二马》《不说谎的人》等作品的法文译本，《软弱》（张宇）、《青衣》（毕飞宇）、《石头镇》（郭小橹）等当代中国小说的法文译本，以及《朱德元帅的一生》《诗人之梦》等英文文本的法语译本。

贝罗贝（Alain Peyraube），法国汉学家，现为法国国家科研中心（CNRS）和法国高等社会科学研究学校（EHESS）研究员，欧洲研究理事会（ERC）22 个委员之一，主要研究领域为中国和东亚语言学。1973—1975 年曾在北京语言学院和北京大学学习中文。1976 年获巴黎第八大学博士学位，1984 年获法国国家博士学位。1984—1998 年任东亚语言学研究所所长，1997 年以来任法国国家科研中心人文社会科学部的副主任，1998—1999 年被选为国际中国语言学学会会长。曾多次到美国、澳大利亚、中国大陆、中国香港、中国台湾等地讲学，是《东亚语言学手册》（*Cahiers de Linguistique — Asie Orientale*）、《汉语语言学国际评论》（*International Review of Chinese Linguistics*）等丛书和杂志的主编或编委。主要研究领域是语法、历史句法学、语言类型学、语言的起源和演化等，近年来尤其关心古今汉语句法语义演变的机制。

雅克·班巴诺（Jacques Pimpaneau），中文名字班文干，著名汉学家。1958—1960 年得到奖学金资助在北京大学学习，回国后在法国国家东方语言文化学院担任教授，主持中国语言文学教席。1968—1971 年曾到香港中文大学任教。班巴诺是中国小说戏曲方面的专家，曾出版著作《梨园漫步：中国古典戏曲》（1983 年初版，2014 年重版），还翻译出版《中国古典散文选篇》（1998）和《中国古典文学选集》（2004）等书。

何碧玉（Isabelle Rabut），女，法国著名汉学家，巴黎东方语言学院（INALCO）中文系教授。法国南方汇编出版社（Editions Actes Sud, Arles）中国文学丛书的主编。南方汇编出版社是一家中等规模的出版社，其中国文学丛书于 1985 年开始出版，何碧玉 1997 年接任该丛书主编。何碧玉最早翻译出版的作品有余华的《许三观卖血记》和池莉的《烦恼人生》，此后陆续翻译出版了许多余华、池莉、毕飞宇等中国作家的作品。

赫美丽（Martine Vallette-Hémery），女，翻译家，汉学家，1979 年获得法国巴黎第七大学远东研究方向的博士学位。曾翻译或编译多种古代和现代中国文学作品，如翻译出版洪自诚的《菜根谭》、张潮的《幽梦影》、鲁迅的《阿 Q 正传》，编译出版《袁宏道（1568—1610）的文学理论与实践》《从文学革命到革命文学：1918 年至 1942 年的中国叙事》等，还与程艾蓝合作编译出版中国新诗集《天空飞逝：中国新诗集》。1983 年获得法国汉学研究儒莲奖。

魏简（Sebastian Veg），1976 年生，研究领域为中国现当代文学、电影、知识分子学。毕业于巴黎高等师范学校，2004 年获得法国艾克斯大学文学博士学位，博士学位论文的内容涉及鲁迅小说与现代性问题。在巴黎高等社会学院进行一年博士后研究后，于 2006 年起在香港的法国当代中国研究中心（CEFC）担任研究员。2010—2011 年以访问学者身份在东京大学东洋文化研究所工作半年，后又担任香港大学访问助理教授半年。自 2011 年起任香港法国当代中国研究中心主任并在中心编辑的季刊《中国展望》（*China Perspectives*）任出版主任。现为法国高等社会科学研究学校研究导师。2009 年其著作《写中国权力的虚构叙事作品：二十世纪初的文学，现代主义和民主》由巴黎高等社会学院出版社出版。还曾出版两本鲁迅小说法文译本和当代中国作家于坚、刘震云等作家的作品译本。最近在 *Boundary2*（《疆界 2》）以英语撰写论文。目前有两个研究项目：一个关于五四时期的文学、民主主义与地方性的关系，另一个研究 1989 年以后的中国文学和电影。

魏丕信（Pierre-Etienne Will），法国著名汉学家，1944 年生于法国东部城市格莱，巴黎高等师范学校毕业，1975 年在法国高等社会科学研究学校（EHESS）获得博士学位。1991—2014 年在法兰西学院任教，执掌中国现代史教席，1988—2014 年兼任法国高等社会科学研究学校顶级研究导师。在 40 余年的汉学研究生涯中，魏丕信著作甚丰，其中，最为中国读者所熟知的当属他的博士学位论文——《18 世纪中国的官僚制度与饥荒》（法文版 1980 年出版，中文版 2002 年由江苏人民出版社出版）。此外，魏丕信还出版了四部专著，发表重要学术论文数十篇。魏丕信最近的成果是与法学家德尔玛·马蒂（Delmas-Marty）女士合编的《中国与民主》一书，于 2007 年由巴黎费雅尔出版社出版。

十一　法中人名对照表

A Cheng	阿城
Alai	阿来
Alberti, Leon Battista	莱昂・巴蒂斯塔・阿尔贝蒂
Alleton，Viviane	艾乐桐
Al-Nadim, Ibn	伊本・纳迪姆
Almogi, Orna	奥尔娜・阿尔莫日
Amelung, Iwo	伊沃・埃姆伦
Allsen, Thomas T.	托马斯・T. 埃尔森
An Shigao	安世高
André，Yvonne	伊冯娜・安德烈
Angouillant，Vincent-Pierre	樊尚－皮埃尔・安古扬
Angremy, Jean-Pierre	让－皮埃尔・安格勒米
Arrault，Alain	华澜
Arsène, Severine	赛弗莉娜・阿尔塞尔
Au-Yeung, Annie	欧阳因
Ba Jin, Pa Kin	巴金
Bady，Paul	保尔・巴迪
Bai, Xianyong	白先勇
Bai, Qianshen	白谦慎
Balibar, Renée	勒内・巴里巴尔
Bardet，Vincent	樊尚・巴尔代
Batto，Patricia	帕特里西雅・巴托
Behr, Wolfgang	毕鹗

Bei Dao	北岛
Béja, Jean-Philippe	让－菲利普・贝雅
Bénéjam，Denis	德尼・贝内让
Berman, Antonie	安东尼・鲍曼
Bernard-Hervé，Maréva	马雷瓦・贝尔纳－埃尔韦
Bessière, Jean	让・贝西埃
Bhârathî，Maïa	马伊亚・巴拉蒂
Biadi，J.	J. 比亚迪
Bialais，Olivier	奥利维耶・比亚莱
Bi, Feiyu	毕飞宇
Bijon，Isabelle	伊莎贝尔・比容
Billeter, Jean-François	让－弗朗索瓦・比勒泰尔
Bizais，Marie	毕茉莉
Bonhomme，Pierre	皮埃尔・博诺姆
Bonnin, Michel	潘鸣啸
Bourgeois, Denis	德尼・布尔日瓦
Brecht, Bertolt	布莱希特
Bresner，Lisa	丽莎・布雷斯纳
Bretou, Jean-Jacques	让－雅克・布雷度
Brisac, Geneviève	热纳维耶芙・布里扎克
Brunel, Pierre	皮埃尔・布吕奈尔
Cabrero, Gilles	吉勒・卡布雷罗
Can Xue	残雪
Canfora, Luciano	卢奇亚诺・坎弗拉
Cantournet-Jacquet, Marie-Claude	玛丽－克洛德・康图尔内－雅盖
Cao, Pi	曹丕
Casanova, Jean-Marie	让－玛丽・卡萨诺瓦
Chang, Eileen	张爱玲
Chang, Ta-chun（Zhang, Dachun）	张大春
Chapuis, Nicolas	郁白

Charau, Pierre	夏侯岩
Charmant, Catherine	卡特琳·夏尔芒
Chavannes, Edouard	沙畹
Chemla, Karine	卡丽娜·尚拉
Chen, Chih-Yuan	陈致远
Chen, Fukang	陈富康（音译）
Chen, Kaige	陈凯歌
Chen, Ming	陈明（音译）
Chen, Sihe	陈思和
Chen-Andro, Chantal	尚德兰
Cheng, Anne	程艾蓝
Cheng, François	程抱一
Cheng Tcheng	盛成
Cheng, Terrence	泰伦斯·程
Cheng, Yingxiang	程应祥（音译）
Chevaleyre, Véronique	维罗尼克·舍瓦莱尔
Chevrel, Yves	伊夫·谢夫莱尔
Chevrier, Yves	伊夫·谢夫里耶
Chi, Li	池莉
Chi, Zijian	迟子健
Chou, Mathilde	玛蒂尔德·周
Chyi, Songling	瞿松灵
Cicéron	西塞罗
Clark, Parl J.-A.	保尔·J.-A. 克拉克
Clastres, Geneviève	热纳维耶夫·克拉斯特
Collet, Hervé	埃尔韦·科莱
Confucius	孔子
Connery, Christopher Leigh	克利斯托弗·雷·康纳利
Cornet, Prune	普吕纳·科尔内
Corniot, Christine	克里斯蒂娜·科尔尼奥

Cornuault, Joël	若埃尔・科尔诺
Coyaud, Maurice	郭幽
Curien, Annie	安妮・居里安
Dai, Jinhua	戴锦华
Damour, Anne	安娜・达穆尔
Dao'an	道安
Darras, Isild	伊丝尔德・达拉斯
Darrobers, Roger	戴鹤白
Dars, Jacques	谭霞客
De Costa, Kill Ja Song	吉尔加宋・德哥斯达
Delahaye, Hubert	德罗绘
Delarge, Bernard	贝尔纳・德拉尔日
Delattre, Cécile	塞西尔・德拉特
Demiéville, Paul	戴密微
Denès, Hervé	埃尔维・德内斯
Deniker, George	乔治・德尼克尔
Denizet, Philippe	菲利普・德尼泽
Descour, Olivier	奥利维耶・德库尔
Deshepande, Vijaya	维贾亚・德希邦德
Despeux, Catherine	戴思博
Destrebecq, Marie-Anne	玛丽－安娜・德特雷拜克
Détrie, Muriel	米里埃尔・德特里
Diao, Dou	刁斗
Diény, Jean-Pierre	让－皮埃尔・迪耶尼
Ding, Yi	丁廙
Diome, Fatou	法图・迪奥姆
Djemat, Abdelkader	阿布代卡代・杰迈
Doan, Patrick	帕特里克・多昂
Dodge, Bayard	巴亚尔・道奇
Dong, Chun	董纯

Durand-Dastès, Vincent	万桑・杜朗 – 达斯泰斯
Duras, Margerite	玛格丽特・杜拉斯
Dutrait, Liliane	丽丽恩・杜特莱
Dutrait, Nöel	诺埃尔・杜特莱
Duval, Jean Rahman	让・拉合曼・迪瓦尔
Edkins, Joseph	艾约瑟
Elliott, Marc C.	欧立德
Esope	伊索
Estran, Jacqueline	雅克莲・埃斯特朗
Fa Xian	法显
Falaschi, Isabella	伊萨贝拉・法拉奇
Faure, Bernard	贝尔纳・佛尔
Fava, Patrice	范华
Feng, Jicai	冯骥才
Ferragne, Antoine	安托万・费拉涅
Feuillas, Stéphane	费飏
Filion, Dany	达尼・菲利翁
Forest, Philippe	菲利普・福雷
Fosca, François	佛斯卡
Foucault, Michel	福柯
Franke, Herbert	赫伯特・弗兰克
Fryer, John	傅雅
Fu, Lei	傅雷
Galien,	加连
Gao, Xingjian	高行健
Garnier, Jacques	雅克・卡尼尔
Ge Fei	格非
Ge, Hong	葛洪
Gentil, Sylvie	西尔维・让蒂
Gernet, Jacques	谢和耐

Giafferi-Huang, Xiaomin	黄晓敏
Gilbert, Marc	马克・吉尔贝
Giraud, Daniel	达尼埃尔・日洛
Goniak, Angela Yin	安吉拉・殷・高尼亚克
Gonzales-Batlle, Fanchita	范希塔・冈萨雷斯－巴特勒
Gouvenain, Marc de	马克・德・古弗南
Graziani, Romain	葛浩南
Greslebin, Simone	西蒙娜・格雷勒班
Grillet, Thierry	蒂埃里・格里耶
Grillot, Caroline	卡罗琳・格里约
Gu, Cheng	顾城
Gu Long	古龙
Guida, Donatella	多纳泰拉・基达
Gulik, R. Van	高罗佩
Guo, Xiaolu	郭小橹
Guo, Xuebo	郭雪波
Guyvallet, Jacqueline	雅克利娜・吉瓦莱
Ha Jin	哈金
Hanan, Patrick	帕特里克・哈南
Han, Fei	韩非
Han, Han	韩寒
Han, Shaogong	韩少功
Harbsmeier, Christophe	何莫邪
He, Jiahong	何家宏
Hésiode	赫希俄德
Holzman, Marie	侯芷明
Hong Ying	虹影
Hou, Hsiao-hsien	侯孝贤
Hsou, Lien-Tuan	修廉团（音译）
Hu, Fang	胡昉

Hu Feng	胡风
Hu, Shi	胡适
Hu-Sterk, Florence	胡若诗
Huang, Beijia	黄蓓佳
Huang, Hong	黄洪（音译）
Huang, Xunyu Emilie	黄迅余
Huxley, Thomas	托马斯・赫胥黎
Hwang, Chun-Ming	黄春明
Imbert, Michel	米歇尔・安贝尔
Imbot-Bichet, Geneviève	热纳维耶芙・安博 – 比歇
Ishaq, Hunain ibn	胡奈恩・伊本・伊萨克
Jacob, Christian	克利斯提安・雅各
Jacquet, Raphaël	拉斐尔・雅盖
Jacquet-Woillez, Véronique	韦罗尼克・雅盖 – 瓦耶
Jacquemin, Éric	埃里克・雅克曼
Jauss, H. R.	尧斯
Ji, Yun	纪昀
Jia, Pingwa	贾平凹
Jia, Zhangke	贾樟柯
Jiang, Wen	姜文
Jiang, Yun	蒋韵
Jiang, Zidan	蒋子丹
Jin, Di	金隄
Jin, Shengtan	金圣叹
Jin Yong	金庸
Jiu Dan	九丹
Jouet, Jacques	雅克・儒埃
Jouvet, Michel	米歇尔・茹维
Joyce, James	詹姆斯・乔伊斯
Jullien, François	弗朗索瓦・于连

Kafka, Franz	卡夫卡
Kan, Chia-Ping	甘佳平
Kaser, Pierre	皮埃尔・卡泽尔
Kerlan-Stephens, Anne	安娜・凯朗・斯特方
Kim, Hwa-Young	金华阳（音译）
Kryger, Myriam	米里安・克里热
Kumarajiva	鸠摩罗什
Kuo-quiquemelle, Marie-Claire	玛丽－克莱尔・郭－基克迈尔
Kurtz, Joachim	顾有信
Holzman, Marie	侯芷明（玛丽・沃尔兹曼）
Lackner, Michael	郎密榭
Lan, Cathérine	卡特丽娜・蓝
Lam, Angus W. K.	昂居斯・W. K. 兰
Lanselle, Rainier	蓝碁
Lao She	老舍
Laoniu	老牛
Laozi	老子
Larson, Wendy	蓝温迪（温迪・拉尔森）
Laureillard, Marie	罗玛丽
Lautréamont, Isidore Ducasse	洛特雷阿蒙
La Vaissière, Etienne de	魏义天
Lavoix, Valérie	华蕾立
Lê, Linda	琳达・黎
Lee, Gregory B.	利大英
Lee, Hsiang-Ling	李香菱（音译）
Lefort, Claude	克洛德・勒福尔
Lepolard，Marianne	玛丽安娜・勒波拉尔
Leung, Angela Qi-che	梁其资
Leung, Ping-kwan	梁秉钧
Lévêque, Stéphane	斯特凡娜・莱韦克

Levi, Jean	让・勒维
Lévy, André	安德列・莱维
Lewis, Mark Edward	陆威仪
Leys, Simon	西蒙・雷伊
L'Haridon, Béatrice	罗逸东
Li, Ang	李昂
Li, Jianying	李建英（音译）
Li, Jieren	李劼人
Li, Jinjia	李金佳
Li, Jin-mieung	李金明
Li, Po（Li, Bai）	李白
Li, Rui	李锐
Li, Shanlan	李善兰
Li, Tche-houa	李治华（音译）
Li, Young-Gu	李扬古
Liang, Shiqiu	梁实秋
Liao, Junpei	廖军培（音译）
Liao, Yiwu	廖亦武
Liao, Zixin	廖子馨
Lieou, Ngo	刘鹗
Lin, Shu	林纾
Lin, Yutang	林语堂
Liu, Lydia	刘禾
Liu, Meizhu	刘美珠（音译）
Liu, Qingbang	刘庆邦
Liu, Shao	刘劭
Liu, Xie	刘勰
Liu, Xin	刘歆
Liu, Xinglong	刘醒龙
Liu, Xinwu	刘心武

Liu, Yichang	刘以鬯
Liu, Yiqing	刘义庆
Liu, Yunyun	刘芸芸（音译）
Liu, Zhenyun	刘震云
Lloyd, Gregory Arthur	格利高里·阿瑟·洛伊德
Loi, Michelle	米歇尔·鲁阿
Loivier, Camille	卡米耶·卢瓦夫耶
Lo-Mengli	罗蒙利（音译）
Lorant, André	安德列·洛朗
Lu, Wenfu	陆文夫
Lu Xun	鲁迅
Lu, Yo-ane	卢育安
Lu, You	陆游
Lu, Yu	陆羽
Lucrèce	卢克莱修
Ma, Desheng	马德升
Ma, Jian	马建
Ma, Zuyi	马祖毅
Mair, Victor	梅维恒（维克多·迈尔）
Maître Mo	墨子
Maître Sun	孙子
Mao, Zedong	毛泽东
Marchand, Sandrine	马尔尚
Marian, Michel	米歇尔·马里昂
Martin, François	弗朗索瓦·马尔丹
Marx, Karl	卡尔·马克思
Mathieu, Rémi	雷米·马蒂厄
Maulpoix, Jean-Michel	让－米歇尔·莫尔普瓦
Mei, Tsu-lin	梅祖麟
Mencius	孟子

Meng, Yue	孟悦（音译）
Meschonnic, Henri	梅肖尼克
Meudal, Gérard	热拉尔・默达尔
Meunier, Jacques	雅克・默尼耶
Mimi	米米
Mian Mian	棉棉
Migliore, Maria Chiara	玛丽亚・希亚拉・米格利奥尔
Mirbeck, Marie-France de	玛丽－弗朗斯・德・米尔贝克
Mizio, Francis	弗朗西斯・密西奥
Montaigne, Michel de	蒙田
Morel, Jean-Pierre	让－皮埃尔・莫莱尔
Moreux, Françoise	莫芳素
Mouchard, Jean	让・穆沙尔
Mo Yan	莫言
Mulkai, Claire	克莱尔・米尔凯
Mu Zimei	木子美
Naour, Françoise	弗朗索瓦兹・纳乌尔
Neefs, Jacques	雅克・奈夫
Ng Mau-sang	吴茂生
Nguyen, Dang-manh	阮藤蔓（音译）
Nguyen, Tri, Christine	克里斯汀娜・阮・特里
Nieh, Hualing	聂华苓
Nietzsche, Friedrich Wilhelm	尼采
Nodot, Antoinette	昂托奈特・诺多
Nodot, Etienne	艾蒂安・诺多
Oséki-Depré, Inès	伊奈丝・奥塞基－德普雷
Ovide	奥维德
Palmé, Dominique	多米尼克・帕尔麦
Para, Jean-Baptiste	让－巴蒂斯特・巴哈
Park, Se-Wok	塞－沃克・帕克

Paul-Margueritte, Lucie	露西·保罗－玛格丽特
Payen, Claude	克洛德·巴彦
Péchenart, Emmanuelle	埃曼纽艾尔·佩许纳
Perrin, Isabelle	伊莎贝拉·贝琳
Perront, Nadine	娜婷·佩伦
Peyraube, Alain	阿兰·贝罗贝
Peyrelon-Wang, Rébecca	雷贝克·佩雷隆－王
Piazza-Kamoun, Josée	若泽·皮亚扎－卡蒙
Pimpaneau, Jacques	班文干
Pino, Angel	安必诺
Pollard, David	大卫·波拉德
Postel, Philippe	菲利普·波斯泰尔
Pradier, Jean-Marie	让－马利·普拉蒂耶
Probst-Gledhill, Marie-Odile	玛丽－奥德莉·普罗布斯特－格勒迪尔
Pythagore	毕达哥拉斯
Qin Shihuang; Shihuang de Qin; Ts'in Che Huang	秦始皇
Qu, Yuan	屈原
Qiu, Huadong	邱华栋
Qiu, Xiaolong	裘小龙
Rabinovitch, Anne	安娜·拉比诺维奇
Rabut, Isabelle	何碧玉
Ramsey, Robert	罗伯特·拉姆塞
Reclus, Jacques	雅克·勒克吕
Reynaud, Bérénice	贝蕾尼丝·雷诺
Ricci, Matteo	利玛窦
Rinner, Fridrun	弗里当·里奈尔
Rimbaud, Arthur	韩波
Robin, Françoise	弗朗索瓦丝·罗班
Roche, Daniel	达尼埃尔·罗什

Rolin, Olivier	奥利维耶・罗兰
Rong, Xiufang	荣秀芳
Rosanvallon, Pierre	皮埃尔・罗桑瓦隆
Rossabi, Morris	莫里斯・罗沙比
Sacotte, Mireille	米莱耶・萨科特
Saint-Guily, Catherine	卡特琳・圣 – 吉利
Sainton, Aline	阿利娜・圣东
Sakai, Cécile	塞茜尔・酒井
Sangmanee, Kitti Cha	基蒂・沙・桑格玛纳
Sartre, Jean-Paul	让 – 保尔・萨特
Schaeffer, Jean-Marie	让 – 玛丽・夏埃费尔
Schneiter, Sylvie	西尔维・施奈特
Schopenhauer, Arthur	叔本华
Schuessler, Axel	阿克塞尔・许斯勒
Segalen, Annie-Joly	安妮 – 若莉・塞加朗
Segalen, Victor	谢阁兰（维克多・塞加朗）
Segond, André	安德列・塞贡
Seidel, Anna	石秀娜（又名索安士）
Seurre, Jacques	雅克・瑟尔
Shao, Baoqing	邵宝庆
Shen, Claire Hsiu-chen	克莱尔・沈秀臣（音译）
Shi, Shuqing	石舒清
Shi, Tiesheng	史铁生
Shi, Yukun	石玉昆
Sieber, Patricia	帕特里西雅・西贝尔
Sima, Qian	司马迁
Sima, Xiangru	司马相如
Song, Yu	宋玉
Stirner, Max	施蒂纳
Stoces, Ferdinand	费迪南・斯托斯

Stoddard, Heather	西塞・斯托达尔
Su, Shi（Su, Dongpo）	苏轼（苏东坡）
Su Tong	苏童
Su, Weizhen	苏伟贞
Szeto, Mirana M.	米拉娜・M. 斯泽托
Tan, Xuemei	谭雪梅
Tarn, Kwok-Kan	克沃克－甘・塔恩
Tatu, Aloïs	阿洛伊斯・塔蒂
Terrasse, Jean-Marc	让－马尔克・德拉斯
Testard, Jean	让・泰斯塔尔
Thakur, Ravni	拉夫尼・塔库尔
Thierry, Galibert	蒂埃里・加利贝尔
Thiollier, Anne	阿纳・帝奥利耶
Thivolle, Jean-Claude	让－克洛德・蒂沃勒
Tian, Yuan	田原
Tien Dang	天藤（音译）
Tse, Brian	谢立文
Tsien, Tsuen-Hsiun	钱存训
Trombert, Eric	童丕
Thupten Jinpa	土登晋巴
Tu, Long	屠隆
Twitchett, Denis Crispin	杜希德
Vallette-Hémery，Martine	赫美丽
Veg, Sebastian	魏简
Vignal, Catherine	卡特琳・维尼亚尔
Vizcarra, Hua-Fang	华芳・维兹卡拉
Volodine, Antoine	佛楼定
Waley, Arthur	阿尔迪尔・瓦利
Wang, Annie	王蕤
Wang, Anyi	王安忆

Wang, Chao	王超
Wang, David	王德威
Wang, Fuzhi	王夫之
Wang, Hui	汪晖
Wang, Jianyu ou Wang, Jiann-Yuh	王健育
Wang, Meng	王蒙
Wang, Xingyu	王星宇（音译）
Wang, Yipei	王以培
Wedell-Wedellborg, Anne	安娜·威德尔－威德尔伯格
Wei-Guinot，Pascale	帕斯卡尔·魏－吉诺
Wei, Hui	卫慧
Weil, Aline	阿琳娜·韦尔
Wen, Qi	文奇（音译）
Whist, Cora	科拉·维斯特
Will, Pierre-Etienne	魏丕信
Woillez, Véronique	韦罗尼克·瓦耶
Wong, Kar-Wai	王家卫
Wu, Huaibin	吴怀斌
Wudi de Han	汉武帝
Wylie, Alexander	伟烈亚力
Xi Yang	西飏
Xia, Yan	夏衍
Xiao, Hong	萧宏
Xiao, Jingyi	萧景义（音译）
Xie, Lingyun	谢灵运
Xie, Tianzhen	谢天振
Xiong, Yuezhi	熊月之
Xu, Guangqi	徐光启
Xu, Jun	许钧

Xu, Shan	徐杉
Xu, Shou	徐寿
Yan, Fu	严复
Yan, Yongjing	颜永京
Yang, Céline	西零（杨芳芳）
Yang, Claire	克莱尔·杨
Yang, Jiang	杨绛
Yang, Xiong	扬雄
Yoshikawa, Yasuhisa	吉川泰久
Ye, Shuxian	叶舒宪
Ying, Chen	应晨
Yu, Dafu	郁达夫
Yu, Hua	余华
Yu, Jian	于坚
Yuan, Shikai	袁世凯
Zeng, Guangcan	曾广燦
Zhai, Yongming	翟永明
Zhang, Chi	张弛
Zhang, Heng	张衡
Zhang, Xianliang	张贤亮
Zhang, Xinxin	张辛欣
Zhang, Yimou	张艺谋
Zhong, Hong（应为 Zhong, Rong）	钟嵘
Zhong, Hui	钟会
Zhou, Dingyi	周定一（音译）
Zhou, Enlai	周恩来
Zhou, Xiaoshan	周小山（音译）
Zhu, Tianwen	朱天文
Zhu, Tianxin	朱天心

Zhu, Wenying	朱文颖
Zhu, Xi	朱熹
Zhu, Xining	朱西宁
Zhu, Zhu	朱朱
Zhuang, Zhou; Zhuangzi	庄子
Zufferey, Nicolas	尼古拉・祖费雷
Zürcher, Erik	许理和